블루문이 뜨는 밤,
다시 한번 그녀를 사랑하게 됐다

히로세 미이 장편소설

주승현 옮김

제우미디어

✣ 편집자 주 : 원활한 전달을 위해 교토 사투리는 표준어로 번역하였으며,
작중 사투리의 직접적인 언급은 억양의 차이로 표현하였습니다.

Love under the blue moon
블루문이 뜨는 밤,
다시 한번
그녀를 사랑하게 됐다
히로세 미이 지음
주승현 옮김
JMbooks

CONTENTS

달빛에 비친 그녀의 옆모습이 아름답다고 생각했다.

줄곧 찾고 있던 반짝임을 발견한 듯한
쭉 품고 있던 작은 빛을 발견한 듯한

그런 따뜻한 기분이 들었다.

푸른 달밤의 날, 샘물가에 가만히 서 있는 그녀를
수면에 비쳐 느긋하게 흔들리는 그녀의 그림자를

나는 줄곧 바라보고 싶다고 생각했다.

제1장

눈꺼풀에 비치는 빛을 느끼고 천천히 눈을 떴다.

"아, 마침 일어났나 보네."

목소리가 난 쪽으로 의식을 집중했다. 그곳에 있는 건 흐릿하게 보이는 어머니와 어머니 너머의 낯선 목제 천장이었다.

"벌써…… 아침?"

"그래. 자고 있는 건 케이이치뿐이야."

"……진짜로?"

"진짜야. 얼른 일어나서 도와주렴."

"……알았어."

툇마루 쪽 유리창에서 아침 햇살이 비쳐 들어오고 있었다. 햇빛은 안쪽에서부터 내가 있는 곳까지 펼쳐졌다.

나는 이불로 돌아가고 싶은 유혹에 저항하면서 천천히 일어났다.

고등학교 2학년 여름방학, 우리 가족은 교토에 있는 할머니 집에 왔다.

그건 증조할머니의 제사(法事)가 있기 때문이다.

어젯밤, 교토에 도착하여 익숙지 않은 다다미와 이불에서 잠들었다.

다다미 위에 이불을 깔고 자면 다음날 허리가 아파서 그다지 좋아하지 않는다. 할머니 집에서 잘 때마다 그렇게 생각한다.

"케이이치, 얼른."

그렇게 말하며 문을 열고 긴 복도를 걸어가는 어머니에게 "지금 가."라고 대답했다.

"케이이치, 그쪽 방석은 안쪽 다다미방에 옮겨 두렴."

"오빠, 그게 끝나면 다음은 밥상 차리는 거 도와줘!"

몸단장을 끝내고 거실로 가자 먼저 일어나서 준비를 돕고 있던 여동생 아카네한테도 부려 먹히는 처지가 되었다.

"아~ 힘들다."

아침 식사 준비, 스님 마중, 법요가 무사히 끝나고 지금은 밤의 연회가 시작되었다.

증조할머니가 돌아가시고 몇 년이 지났을까. 이 제사가 몇 주기째인지 나는 모른다. 흥미도 없었다.

나는 시선만을 움직여 친척들을 봤다. 상복을 입은 친척 아저씨와 아줌마가 이야기꽃을 피우고 있다.

친척들은 처음에는 고인의 죽음을 애도하거나 증조할머니 이야기를 하고 있었으나, 곧바로 그 이야기도 끝나고 서로의 이야기로 변해 갔다.

제사라는 건 이름뿐이고 상복을 입은 친척 간의 회식이다. 고인의 명복을 빈다기보다도 서로의 근황을 보고하고 있는 것으로밖에 보이지 않는다.

어른은 그게 즐거운 거군, 하고 냉정한 눈으로 보고 있었다.

"케이이치, 많이 도와줘서 고마워. 이제 가봐도 돼."

어머니가 빈 병맥주를 옮기며 그렇게 말해서, 나는 "응."하고 고개를 끄덕인 뒤 거실을 나섰다.

교토는 분지라서 여름에는 덥다고 들은 적이 있는데, 오늘의 교토 밤은 도쿄보다도 서늘한 느낌이 들었다.

나는 할머니 집을 나와 마을 쪽으로 향했다.

할머니가 사시는 아라시야마(嵐山)는 강과 산으로 둘러싸인 자연이 풍요로운 마을이다. 절이 많아서 이 근방은 관광지로서도 유명하다.

어릴 적부터 몇 번이나 이 마을에 왔던 나는 관광객이 빠져나간 뒤의 밤의 아라시야마에서 노는 걸 좋아했다.

이날도 어렸을 때를 떠올리며 밤의 마을을 산책하고 있었다.

도게쓰 다리(渡月橋) 위에 접어들자 오이강(大堰川)이 천천히 흘러가는 것이 보였다. 그 너머에는 한 폭의 그림처럼 우아하고 아름다운 모습의 아라시야마 산이 있다. 무심코 조명이 켜진 다리 위에서 멈춰 서서 먼 곳을 보자 작게 교토 타워가 보였다.

돌아왔구나, 하고 생각했다.

오랜만인데도 무척 그립고 따뜻한 마음이 드는 것이 이 마을의 좋은 점이라고 생각한다.

군청색 밤하늘에 커다란 보름달이 둥실 떠 있었다. 색깔은 하얗게도 파랗게도 보인다.

구름 사이로 달빛이 뻗어 와서 내 앞에 길을 만들었다.

달빛이 만드는 부드러운 조명에 이끌리는 것처럼 나는 다리에서 이어지는 길을 북쪽으로 북쪽으로 걸었다.

완만한 비탈길로 되어 있었다. 왼쪽에 절이 있고, 이쪽을 보며 싱긋 미소 짓는 작은 지장보살 상이 5개 늘어서 있다.

오른쪽에 작은 역 건물이 보였다. 그 앞에는 교토다운 일본풍 선물 가게가 빽빽하게 늘어서 있다.

이미 영업시간이 지나 회색 셔터가 내려가 있었다. 5시가 지나면 이 근방은 금세 사람이 없어진다.

나는 사람의 왕래가 없어진 완만한 비탈길을 그저 걸었다.

언덕을 다 올라가자 길이 좁아져 있었다. 오른쪽, 왼쪽, 오른쪽, 하고 나는 방향을 고르며 걸었다.

모르는 길은 조금 두근두근한다.

어느샌가 콘크리트 길에서 흙길로 바뀌어 풀과 나무가 바로 근처에 있었다.

내가 도착한 곳은 숲이었다.

그래도 길은 이어져 있다. 하늘을 향해 높게 뻗은 나무들 사이로 달빛이 흘러들어와 길을 비춰 주고 있었다.

마치 날 위해 조명이라도 켜주고 있는 것처럼.

심장이 두근두근 뛰었다.

처음인 장소에 갈 때의 고양감은 어떤 때라도 내 가슴을 뛰게 한다.

조금 빨라진 심장 고동 소리를 들으며 망설임 없이 산길을 걷는 내 눈앞이 별안간 탁 트였다 싶었는데, 그 세계는 파랬다.

파란 세계를 똑바로 바라봤더니.

안쪽에 샘이 있었다.

밤하늘의 군청색과 샘의 푸른색이 서로 뒤섞여 세계는 한없이 파랬다.

이런 곳에 샘이 있었구나…….

나는 천천히 샘을 향해 걸어갔다.

산길이 있는 덕분에 길 주위에 난 풀과 나무에 방해받을 일은 없다.

나는 샘 근처까지 다다랐다.

진한 녹색 숲속에서 아름다운 샘을 바라보고 있었더니 찰박, 하고 물이 튀는 듯한 작은 소리가 났다.

어? 하는 생각에 시선을 옆으로 옮기자 소리가 난 장소에는 여자애가 있었다.

그녀는 샘물가에 쪼그려 앉아 투명한 우산을 펼친 채로 들고 있다.

비가 내리고 있는 건 아니다.

왜냐면 그녀가 펼친 우산은 밑을 향하고 있었기 때문이다.

달빛이 밤에 조명을 켜준다.

스포트라이트가 그녀한테 맞추어져 있는 것처럼도 보여서 나는 그녀한테서 눈을 뗄 수 없었다.

그녀는 손에 들고 있는 투명한 우산을 샘에 대더니 물을 조금만 뜨고 그 물을 들여다본 뒤 행복한 듯이 미소 지었다.

그 모습은 금붕어 건지기를 즐기는 작은 어린아이처럼도 보였다.

바스락하는 소리가 들렸다.

내 오른발이 나도 모르는 사이에 한 걸음 앞으로 내디디고 있었던 모양이다.

나뭇잎을 밟은 소리가 그녀한테도 들린 것일까. 그녀가 살며시 이쪽을 봤다.

그녀와 눈이 마주쳤다.

무척 아름다운 아이였다.

하얀 피부에 팔다리가 긴 여자아이. 검은 생머리가 부드러운 곡선을 그리는 어깨에 걸쳐져 있다.

콧날은 곧게 서 있고, 입이 작은 청초한 여자아이였다.

놀고 있는 모습이 어린아이처럼 보였다는 그런 발상은 금방 날아가 버릴 정도로 그녀는 아름다웠다.

그녀는 나를 발견하자 커다란 눈동자가 더욱 커져서는 입을 딱 벌렸다.

마치 이 세상의 것이 아닌 존재라도 본 듯한 그녀의 표정에 나는 '혹시 유령?'이라는 말이라도 들은 듯한 기분이 들어서.

"아니야."

무심코 그렇게 중얼거렸다.

그녀는 내 말을 듣고.

"그렇구나, ……유감이야. 조금 닮은 느낌이 들었는데."

내게서 눈을 돌리지 않고 그렇게 말했다.

"닮았다니?"

내 목소리가 들리지 않았는지 대답이 없다. 질문을 바꿀까.

나는 그녀 쪽으로 다가갔다.

"뭐 하고 있어?"

"이거?"

그녀는 가지고 있던 투명한 우산을 들어 올리고 내 눈을 봤다.

"그게 말이야."

그녀는 조금 부끄러운 듯이 눈을 내리깔고는 살며시 대답했다.

"별을 건지고 싶어서."

확실히.

그녀의 눈 앞에 펼쳐진 샘의 수면에는 수많은 별이 떨어져 있었다.

샘에는 물결이 없어서 바람이 불면 그 움직임에 맞추어 수면만이 흔들렸고, 그 중심에는 달의 모습이 어렴풋하게 떠 있다.

진짜 달을 보고 싶어져서 밤하늘을 올려다보니 선명한 푸른 보름달이 조금 전보다도 가까이에 있었다. 달 주위에서는 무수한 별이 눈부실 정도로 반짝이고 있었다.

분명 이 경치는 내가 사는 마을에서는 볼 수 없을 것이다.

"너는?"

밤하늘을 바라보고 있는데 그녀가 말했다.

나는 시선을 내려서,

"아라시야마를 산책하고 있었더니 이곳에 와 있었어."

"여기에?"

"응."

"저절로?"

"저절로인 건 아니지만 말이야. 스스로 선택해서 걸어왔으니까."

"그래서 여길 고른 거구나."

그녀는 그렇게 말하며 웃고는 뒷말을 이었다.

"이 장소는 그다지 알려지지 않았어. 우연히 발견한 거구나? 신기하네."

나는 "그러게."하고 대답했다.

"어디서 왔어?"

그녀가 대화를 이어나가려고 해서 계속 같이 이야기해도 괜찮을 것 같아 나는 그녀 옆에 앉았다.

서늘한 지면의 차가움이 엉덩이에 전해져 왔다.

"도쿄."

내가 짧게 대답하자 우리 둘의 시선이 일직선으로 이어졌다.

속눈썹이 길고, 예쁜 쌍꺼풀을 지닌 눈꺼풀이 보였다. 반달 모양의 커다란 눈이 무척 인상적이다.

솨아아, 하고 여름의 풀이 흔들리는 소리가 났다.

"그렇구나. 관광?"

"아니. 할머니 집에서 제사가 있어서 말이야. 부모님이랑 같이 왔어.”

“그렇구나~ 제사라는 건 어떤 걸 하는 거야?”

“어? 몰라? 제사는 아침부터 온 친척이 모여서 스님의 독경을 듣기도 하고 밥도 먹고 세상 돌아가는 이야기를 하는 뭐 그런 느낌이야. 나이 드신 분들은 즐거워 보이지만 어린애한테는 지루해. 시시하구만~.”

내가 그렇게 말하자,

“시시하구만, 이라니.”

그녀가 웃었다.

조금 부끄러웠다.

친척 아저씨들의 행동을 업신여기고 있었는데 눈 깜짝할 사이에 그들의 말투가 옮아 있다. 나도 그걸 얼버무리는 것처럼 하핫, 하고 웃었다.

그녀는 연한 파란색의 심플한 티셔츠를 입고 있었다. 그 아래는 청바지. 그리고 하얀 스니커즈.

긴 머리카락이 바람에 사라락 나부끼고는 다시 정위치로 돌아왔다.

“그래서 그게 따분한 너는 어떻게 했어?”

‘시시하다’를 ‘따분하다’로 바꿔 주었다.

교토 사투리의 억양과는 조금 달랐던 것이리라.

“응?”

그녀는 대답하지 않는 나한테 한 번 더 그렇게 말하고, 내

쪽에 가까운 머리카락을 귀 뒤로 넘겼다.

내 이야기를 제대로 듣고 싶다는 듯한 느낌이 들어서 기뻤다.

"그게 재미없는 나는, 연회 도중에 집에서 나와서."

"응."

"그대로 아라시야마 거리를 걷고……."

"응."

"비탈길을 쭉 올라왔더니 숲이 보여서."

"아. 그렇구나, 그래서 여기에."

"다다랐어."

두 사람의 목소리가 겹쳤다.

처음 만났는데도 말이 술술 나온다. 그건 그녀가 지니고 있는 붙임성 좋아 보이는 분위기와 고양이 같은 눈 때문이라고 생각한다.

"저기, 네 이름은…… 뭐라고 해?"

문득 새어 나온 내 목소리는 조금 작았다.

"나는 사키. 고미야 사키야."

고미야 양이라고 해야 하나? 사키 양이라고 불러야 할까?

'양'을 붙이는 것도 이상하네.

하지만 '짱'을 붙이는 것도…… 이상한가.

그녀를 부를 호칭을 생각하고 있는데 그녀가 "너는?"이라고 물었다.

"나는 케이이치. 다니 케이이치."

"나이는?"

"17."

"나도 17살이야. 같네."

사키의 겉모습은 굳이 따지자면 어른스럽다. 이목구비도 단정하고 말투도 침착하다.

하지만 이야기해 보니 조금 어리게 느껴졌다.

어리다? 아니, 다르다.

자신의 감각에 위화감을 느끼고 생각을 고쳤다.

어리다기보다도, 그녀는 닳지 않은 것이다. 겉과 속이 다르지 않을 것 같다고 해야 할까.

아양을 떠는 느낌이 전혀 들지 않는다.

그녀에게는 옆에서 쭉 이야기하고 싶어지는 듯한, 부드럽고 따뜻한 분위기가 있다.

"그럼, 뭐라고 부를까나. 다니 군? 케이이치 군?"

그녀도 같은 걸로 고민하고 있었다.

"어느 쪽이든 괜찮아."

"그럼 케이이치 군으로 할래. 음, 나는……."

"사키 짱으로 괜찮을까?"

"아니. 사키면 돼. 다들 사키라고 부르고."

"알았어."

사키라고 마음속으로 불러 봤다.

들리지 않을 터인데 그녀가 생긋 미소 지었다.

그러고 나서 우리는 서로의 이야기를 했다. 학교 이야기나 취미 이야기. 그녀의 취미는 그림을 그리는 것이라고 가르쳐 주었다.

"그림은 본격적인 거?"

나는 그렇게 물었다.

문득 언제였던가 TV에서 본 적 있는 데생 풍경을 떠올렸다. 모델분을 테두리 중앙에 세워놓고 그리는 본격적인 그림 연습.

"설마~"

사키는 손을 가로저으며 부정하고는 "단순한 취미야."라고 대답했다.

"자습 중에는 책을 읽거나 그림을 그릴 수밖에 없어서. 책은 만화밖에 안 보는데 만화를 볼 순 없잖아? 그러니까 그림을 그리고 있어."

학교 자습 시간 이야기인가? 우리 학교에도 그런 시간이 있었다.

나는 언제나 책을 읽고 있었다. 그림을 그리는 건 특기가 아니기에 그림을 잘 그리는 사람을 줄곧 존경하고 있었다.

"그럼 만화는 그려?"

그림의 세계는 전혀 모르는 세계다. 그래서 좀 더 자세히 알고 싶다고 생각했다.

"아니. 만화는 안 그려. 내가 그리는 건 풍경화려나. 방에서 보이는 것이라든가 이 샘이라든가. 그런 것만 그려."

"사람은 안 그려?"

"응. 안 그려."

그렇게 말하고 그녀는 눈을 내리깔며 "안 그린다기보다 못 그리는 걸지도. 사람은 어렵고 기술이 부족해."라고 덧붙이고는 입을 다물고 미소 지었다.

언젠가 그녀가 그리는 그림을 보고 싶다고 생각했다.

그녀의 손으로 그려진 그림은 분명 나로서는 상상할 수도 없는 색을 띠고 있으리라.

"케이이치 군은?"

"어?"

"취미 있어?"

취미라는 말을 듣고 떠올린 건…….

"아아, 내 취미는 축구려나."

"축구는 어느 정도 했어?"

그녀의 물음에 손가락을 꼽아 세어 나갔다.

"초등학교 5학년부터 했었으니까, 으음, 7년 정도."

그렇게 대답하고는 벌써 7년이나 됐구나 하고 새삼스럽게 깨달았다.

축구를 시작했을 무렵에는 유니폼을 받지 못해서 선배가 입은 녹색과 흰색 세로 스트라이프 무늬 유니폼이 몹시 눈부시게 보였다.

연습 시합이 치러지는 동안 주전 멤버가 아닌 우리는 그라운드 구석에서 한결같이 소리만 낼 뿐.

평소 연습에서는 컬러풀한 넘버링 옷을 입고 운동장을 뛰어다녔다.

초등학교 5학년 즈음을 떠올리자 그 순간 그리움에 사로잡혔다.

10살 무렵 나는 아직 어린아이였다.

"포지션은?"

머나먼 날을 회상하고 있자 그녀가 말했다.

"볼란치*. 말해도 뭔지 모를 수도 있겠지만."

"알아! 나 축구 좋아하는걸. TV로 자주 보고 있어."

"흐음. 그렇구나."

자기가 좋아하는 것을 좋아한다고 말해 주는 건 무척 기쁘다. 단순하지만 그렇게 느꼈다.

"좋아하는 팀은 있어?"

나는 그렇게 물었다.

"물론. 교토 퍼플 상가지."

그녀는 눈을 반짝이며 말했다.

"고향 사랑이네."

"그런 게 아니라 퍼플 상가의 매력은 말이지!"

---

* volante, 수비형 미드필더

그녀는 축구에 관해 이야기하기 시작했다. 나보다도 자세히 아는 게 아닐까 싶을 정도인 그 지식과 축구에 대한 에너지에 나도 모르게 웃음이 솟아 나왔다.

한동안 이야기하고 있었는데 그녀가 손목시계를 보고는,

"와. 벌써 시간이 이렇게 됐네."

그렇게 말했다.

"이제 돌아가야겠어. 들켜 버릴 거야."

그 자리에서 일어선 그녀는 청바지에 묻은 낙엽을 팡팡 털었다.

집에 통금 시간이 있는 걸까? 그게 아니면 몰래 집에서 나온 것일까?

"통금이야?"

나는 처음 보는 그녀의 초조해하는 얼굴을 올려다보며 말했다.

"그게…… 실은 통금 시간은 지났어."

"괜찮아?"

"응. 몰래 돌아갈 거야. 지금이라면 분명 안 들키겠지."

성실한 우등생 타입으로 보였던 그녀의 장난스러운 표정은 무척 귀엽다고 생각했지만 남자와 여자는 다르다.

귀가 시간이 늦다는 것만으로도 부모님한테 엄청나게 혼나지 않을지 걱정됐다.

"집까지 바래다줄게."

나는 그녀를 올려다보며 말했다.

"아냐. 괜찮아. 케이이치 군 할머니 댁, 산 밑이지?"

"……응."

"난 위쪽이니까."

"그래도."

"바래다줬다간 돌아가는 길 헤매 버릴 거야. 나는 그쪽이 더 걱정돼."

그렇지만 혼자서 돌려보내도 괜찮을지 고민하고 있자,

"정말로 가까우니까. 마음만 받아 둘게, 고마워."

그녀가 그렇게 말하고 청초한 미소를 띠었다. 나는 "알았어."라고 순순히 대답해 버렸다.

"그럼, 또 보자."

"저기!"

작게 손을 흔든 그녀를 무심코 불러 세워 버렸다.

"……왜?"

뭘까? 나는 뭘 묻고 싶었던 걸까?

스스로도 알 수 없어서. 지금 품고 있는 순수한 질문을 던지기로 했다.

"사키는 매일 밤 여기에 와?"

"응. 최근에는."

"최근?"

"응. 내가 여기에 오는 건…… 블루문이 끝날 때까지야."

블루문이라는 말을 처음 들었다.

그 말이 이상하게 귀에 달라붙어서 떨어지지 않았다.

바람이 없는 여름 밤길을 걸으며 나는 하늘을 올려다봤다.

그녀가 말했던 대로 오늘의 보름달은 무척 파랬다.

이 세계가 파란 건 블루문이라 불리는 달 때문인 걸까?

"다녀왔습니다~"

현관을 열자 띠링, 하고 방울 소리가 울렸다.

집 안에서 대답은 없었고 낮에 늘어서 있던 수많은 신발도 없었다. 제사가 무사히 끝나 다들 이미 자고 있을 것이다.

나는 소리를 내지 않도록 천천히 미닫이문을 닫고 신발을 벗은 뒤 집 안에 들어갔다.

할머니 집은 주위 자연과 조화된 목조 가옥으로 툇마루를 따라 가로로 길고 넓은 정원이 있다.

툇마루를 걸어 방으로 돌아가려 했더니 잘 정돈된 소나무와 분재, 그 안쪽에 화단이 곁눈으로 보였다.

무심히 밤하늘을 올려다보자 처마의 차양 사이로 파란 보름달이 나를 보고 있었다.

지금까지 달의 존재 같은 건 신경 쓴 적 없었다.

보름달이건 초승달이건. 그런 건 나와는 상관없다고 생각했었다.

그러니 달의 색깔이나 형태를 이렇게나 말끄러미 바라본 건 처음일지도 모른다.

'내가 여기에 오는 건…… 블루문이 끝날 때까지야.'

그녀의 목소리가 머릿속에서 반복되었다.

조금 쓸쓸한 듯이 눈을 내리깔며 말했다. 읽고 있던 이야기가 도중에 끝나 버린 것만 같은 그녀의 목소리를 잊을 수 없었다.

나는 툇마루에 앉아 주머니에서 스마트폰을 꺼냈다. 검색 페이지를 열어 '블루문'이라고 입력했다.

"우와! 깜짝이야!"

그때, 등 뒤에 사람의 형체가 나타났다.

스마트폰 라이트 때문에 그 사람의 형체는 창백하게 비쳤다. 마치 호러다.

거리를 벌리며 돌아보자,

"할머니!!"

거기에 할머니가 있었다.

"응? 누구야?"

"누구냐니."

어두워서 내 얼굴이 잘 보이지 않는 것일지도 모른다.

"케이이치야."

나는 그렇게 말했다.

"진짜네, 케이이치 맞네……."

할머니는 툇마루에 설치된 천장 조명등을 팟 켜고 놀란 눈으로 나를 봤다. 그렇게나 놀라지 않아도 될 텐데.

"뭔 일이냐? ……이런 시간에."

"딱히. 어쩐지…… 잠이 안 와서."

나는 거짓말을 했다.

"그래서 일부러 여기에 와서 밤바람을 쐬고 있었던 거니?"

"맞아."

그 목소리는 생각했던 것보다도 조금 낮았다.

"그러냐. 그러냐. 뭐, 느긋하게 있다 가거라."

할머니는 그렇게 말하고는 당신의 방이 있는 쪽으로 몸을 돌렸다.

"아, 그렇지. 할머니."

"왜?"

할머니의 뒷모습을 향해 말을 걸자 할머니가 천천히 뒤돌아봤다.

"블루문이라는 거 알아?"

"블루문?"

"그래. 블루문."

어린애일 때부터 할머니는 뭐든 가르쳐 주셨다. 아버지나 어머니가 모르는 건 할머니가 더 잘 알고 계셨다. 옛날부터 나는 할머니가 해주는 말을 좋아했다.

하지만 아무리 그래도 '블루문'은 모르시나…….

할머니와 나 사이에 약간의 침묵이 있었다. 대화의 실이 뚝 끊긴 것처럼 느낀 나는 말했다.

"아니, 괜찮아. 신경 쓰지 마."

할머니는 툇마루에 앉아 들여다보는 것처럼 내 얼굴을 봤다.

"왜? 할머니, 가까워."

"……그러냐, 그런 건가."

할머니는 뭔가를 납득한 것 같이 이야기하기 시작했다.

"케이이치는 보름달이 한 달에 몇 번 돌아오는지 알고 있냐?"

달에 관한 건 잘 모른다.

하지만 평소에 그다지 보름달을 볼 기회가 없었다는 생각에 적당히 대답했다.

"한 번?"

"그려. 한 번."

정답이었다.

"달이 차고 이지러지는 주기는 29.5일이니까 기본적으로 보름달은 한 달에 한 번밖에 오지 않아."

"응."

역시 할머니는 박식하다. 내가 모르는 것을 잘 알고 계신다. 나는 할머니가 해주는 이야기를 진지하게 듣고 있었다.

"하지만 말이야. 한 달은 2월을 제외하고 30일과 31일로 구성되어 있잖아?"

"그러네."

"그러니까 29.5일 사이클로 반복되는 달이 차고 이지러지는 주기가 조금씩 어긋나서 수년에 한 번, 한 달에 두 번 보름달이 돌아오는 날이 온단다."

"흐음……."

나도 모르게 목소리가 새어 나왔다.

"한 달에 두 번, 보름달이 돌아오는 진기한 현상을 '블루문'이라고 부르는 거야."

그렇게 말하고, 할머니는 밤하늘에 떠오른 보름달을 올려다봤다. 나도 그에 이끌리는 것처럼 달을 봤다. 존재감이 있는 커다란 달은 지금도 푸르게 계속 빛나고 있다.

"마침 지금이…… 첫 번째 블루문이구나."

할머니는 밤하늘을 향해 살며시 목소리를 내는 것처럼 말했다.

나는 할머니의 목소리를 들으며 머릿속으로 계산했다. 지금이 블루문이라는 건, 오늘은 8월 1일이니까 두 번째 블루문은 8월 30일이라는 말이 된다.

"그래도 말이야, 어째서 '블루문'이라고 하는 거야?"

나는 그렇게 물었다.

"여러 가지 설은 있지만. 한 달에 두 번 나타나는 보름달은 평소의 보름달보다도 푸르게 보이는 경우가 많아서 블루문이라고 불리게 된 거야."

……그렇구나.

나는 마음속으로 그렇게 생각했다.

"어째서 블루문에 관해 물어보고 싶어진 게냐?"

할머니가 푸른 달에서 내게로 시선을 옮기고 조용히 물었다. 나는 어쩐지 할머니의 눈을 볼 수가 없어서 밤하늘을 올려다보며 말했다.

"방금…… 보고 왔으니까."

그리고 지금도 보고 있다. 오늘의 내 주위에는 계속 블루문이 있다.

"그러냐…… 그럼 이것도 가르쳐 줘야만 하겠구나."

"뭘?"

"이 마을에 전해지는 블루문에 관한 이야기를."

내 몸 안에서 평소보다도 빠른 심장 소리가 들렸다. 밤하늘에 떠오른 푸른 달의 빛이 강해지는 것처럼 보이기도 했다.

나는 심호흡을 하고 나서 살며시 물었다.

"……전해지는 이야기라니?"

"블루문의 빛이 이끄는 곳에…… 과거로 가는 입구가 있다."

아뿔싸, 싶었다.

아버지도 어머니도 이날을 쭉 두려워하고 있었다.

부모님은 제사를 이유로 여느 때보다도 조금 오래 교토에 머물자고 말했다.

그건 할아버지가 먼저 세상을 떠나신 뒤 혼자 살고 계시는 할머니가 신경 쓰였기 때문이라고 말했었다.

그런가, 마침내 이날이 오고 만 건가.

나는 충격을 받은 기색을 감추지 못했던 것일지도 모른다.

할머니가 이상한 말을 하기 시작했다.

급기야…… 치매가 시작된 건가?!

"미안, 할머니. 춥지 않아? 이런 곳에 있으면 감기 걸리겠어."

나는 그렇게 말하고 일어서서 툇마루에 앉은 할머니의 팔을 살며시 들어 올렸다.

"왜 그러냐, 갑자기."

할머니는 의아하다는 듯이 고개를 갸웃했지만 내 움직임에 맞춰 천천히 일어섰다.

"이렇게나 더운데 추울 리가 없잖으냐. 케이이치, 요 녀석아."

"방까지 바래다줄게. 빨리 자자."

"할머니를 노인 취급하지 말거라."

"노인이잖아."

"케이이치!"

한 번 더 내 이름을 부르며 화난 척을 한 뒤 할머니는 미소 지었다. 언제나 보여 주는 모든 것을 감싸는 것처럼 부드럽게 웃는 얼굴로.

완전히 작아져 버린 할머니의 팔을 오른손으로 받치고 움츠러든 등에 왼손을 대며 방으로 돌아갔다.

툇마루를 걷는데 곁눈으로 블루문이 빛나고 있는 게 보였다.

"케이이치, 오늘은 일찍 일어났구나."

부엌에서 된장국을 만드는 어머니에게 "안녕히 주무셨어요."라고 말하자 이런 대답이 돌아왔다.

'안녕히 주무셨어요'라는 인사에는 '잘 잤니'로 답해줬으면 좋겠다.

"진짜네. 여름방학에 오빠가 이렇게 일찍 일어나다니."

옆에서 어머니를 돕고 있는 여동생 아카네가 눈이 휘둥그레질 정도로 놀란 표정을 지었다.

"버릇없게. 일찍 일어나는 것 정도는 한다고."

"뭐, 그렇지. 교토의 밤은 더우니까. 더 자기 힘들었던 거 아니야?"

"뭐. ……그러네."

나는 그렇게 대답했지만 사실은 다르다.

어젯밤에 잠들지 못했다.

어제 봤던 사키의 동그란 눈동자와 긴 속눈썹. 투명한 느낌의 피부와 목소리. 가느다랗고 긴 손가락과 사키가 내뱉는 말. 그것들 전부가 잊히지 않아서. 이불 속에서 몇 번이나 떠올라 가슴이 꾹 옥죄였다.

이 감정이 무엇인지 지금의 나는 알 수 없었다.

내 안에 잠든 감정을 확인하기 위해서도 다시 사키와 만나고 싶었다.

오늘 밤도 사키를 만나러 가자.

사키가 있는 샘으로 가자.

사키도 나를…… 기다려 주고 있다면 좋겠다.

"케이이치, 다음은 밥 담아서 잘 놔 줘."

"오빠, 젓가락도!"

"……알았어."

집에서는 여자들한테 부려 먹히고 있는 나지만.

"오빠, 휴대폰 울리는데."

아침 식사가 끝나고 거실에서 쉬고 있는데 스마트폰이 울려 전화가 온 것을 알았다.

벨 소리를 들은 아카네가 빨리 받으라고 말하라는 것만 같이 재촉했다. 그렇게나 TV에 집중하고 싶은 건가.

"예이, 예이."

나는 스마트폰을 들고 아무도 없는 툇마루로 갔다.

화면에 표시된 이름은 '무라타 유우야'. 도쿄에 있는 내 친구다.

무슨 일이지? 하고 생각하며 통화 버튼을 누른 뒤 귀에 대고 "응."이라고 말했다.

눈에 비치는 넓은 정원은 어젯밤과는 분위기가 전혀 다르다. 부드러운 신록과 흙에 드리우는 진한 그림자를 보며 전화 너머에서 들리는 목소리에 집중하고 있는데 기세 좋게 튀는 듯한 높은 목소리가 날아들었다.

"케이 군!"

"어…… 누구?"

여자애 목소리였다.

"나야, 사쿠라!"

"아아, 사쿠라구나. 무슨 일이야?"

사쿠라는 유우야의 연인이다. 유우야와 같이 몇 번인가 논 적이 있다. 기운 넘치고 귀여운 여자애. 분명, 나이는 한 살 위.

"야, 사쿠라. 멋대로 전화 걸지 말라고. 아~ 미안 미안. 케이이치, 지금 괜찮냐?"

다음으로 들려온 건 낮은 목소리였다. 유우야가 사쿠라한테서 전화를 빼앗아 바꾼 모양이다.

"괜찮아. 무슨 일인데?"

나는 그렇게 물었다.

"케이이치, 지금 교토던가?"

"그런데?"

"너 언제 돌아오냐?"

"글쎄다? 아직 정해지지 않았어."

"그러냐. 알았다."

"응? 왜?"

내가 그렇게 묻자,

"아니~ 사쿠라 친구가 너랑 만나고 싶다고 하네."

유우야는 귀찮다는 듯이 대답했다.

정말로 귀찮은 것이리라. 유우야는 그런 성격이다. 분명 사쿠라의 부탁이니까 전화한 게 틀림없다. 유우야 답네, 하고 생각했다.

"어째서?"

나는 한 번 더 물었다.

왜냐면 나는 그 친구가 누군지 모른다. 그러니까 만나고 싶은 이유도 알 수 없었다.

"봄에 말이야, 우리 학교에서 축제가 있었잖냐?"

"응."

"그 애가 그때 사쿠라랑 같이 왔다고 하네."

사쿠라가 우리 반 축제 프로그램에 온 건 기억하고 있지만 그 친구는 기억에 없다.

사쿠라 옆에 누구 여자애가 있었다는 말을 들으면 그랬던 듯한 느낌도 들지만 미안하게도…… 모르겠다.

“거기서 케이이치를 보고 첫눈에 반했다나.”

——‘첫눈에 반했다.’

“거기까지 말해도 된다고는 안 했잖아!”

전화 너머에서 사쿠라의 화난 목소리가 들렸다.

“그러면 네가 이야기하라고.”

“그러니까 처음부터 내가 건다고 말했잖아!”

전화 너머로 둘이 부부싸움 하는 소리가 들렸다. 그런 건 전화를 끊고 나서 해줬으면 좋겠다.

그렇지 않아도 교토의 여름은 더우니까.

헛기침을 크흠 하자,

“케이 군?”

사쿠라가 전화를 바꿨다.

“응.”

“방금 유우야가 말했던 대로인데.”

그리고 요약했다.

그러면 조금 전이랑 바뀌는 게 아무것도 없네, 하는 생각에 큭큭 웃고 말았다.

“친구가 말이야, 케이 군을 만나고 싶대. 케이 군, 지금 여자친구 없지? 교토에서 돌아오면 내 친구도 불러서 넷이 놀러 가지 않을래?”

——'만나고 싶다.'

머릿속에서는 '첫눈에 반했다'와 '만나고 싶다'라는 말이 남은 한쪽을 잃어버린 상태였던 퍼즐처럼 딱 꿰맞춰 졌다.

만나고 싶다고 바라면 그건 사랑인 걸까?

지금 내가 만나고 싶다고 강하게 바라는 사람은—— 사키다.

혹시 나는 첫눈에 반해 버린 것일까?

샘에서 별을 건지는 그녀에게 나는—— 사랑을 하고 있는 걸까?

"미안. 안 갈래."

나는 그렇게만 말했다.

"어?"

"미안해. 신경 쓰이는 사람이 생겼거든."

소리 내어 말하자 마음속 깊은 곳에 쌓여 있던 안개가 걷혀 가는 듯한 상쾌한 기분이 들었다.

제2장

밤까지가 길었다.

'내가 여기에 오는 건…… 블루문이 끝날 때까지야.'

그렇게 말했으니까 그녀는 분명 블루문이 뜨는 밤에만 그 샘에 있을 것이다.

고양이 같은 동그란 눈동자가 인상적이었던 그녀. 눈을 피하지 않고 나를 보며 여러 이야기를 들려준 그녀의 청초한 목소리를 잘 기억하고 있다.

조용한 숲속의 푸른 샘에 서 있는 그녀는 그 장소에서 대체 뭘 하고 있던 것일까?

깨닫고 보니 사키를 생각하고 있었다.

나는 오늘도 사키를 만나러 가려고 한다.

내 안에 잠든 감정이 무엇인지 확인하기 위해서라도.

밤까지가 길었다.

초여름 빛이 고요히 내려오고 꽃향기가 은은히 스며든다.

정원 서쪽에서는 할머니가 몸을 굽히고 화단에 물을 주고 있었다. 물뿌리개를 사용하여 꼼꼼하게 꽃 한 송이 한 송이에 물이 잘 가도록 흙에 물이 스며들게 하고 있다.

할머니 손에 키워진 꽃은 오늘도 태양을 향해 꽃을 피우고 있었다.

나는 툇마루 밑에 놓여 있는 슬리퍼를 신고 할머니 옆까지 가서는,

“내가 할게.”

라고 말했다.

내 목소리에 할머니가 뒤돌아보고는.

“괜찮냐?”

“물론.”

“고맙구나.”

할머니는 내게 물뿌리개를 건네고 툇마루에 앉았다.

뒤에서 누군가의 시선이 강하게 느껴진다. 분명 할머니가 나를 보고 있을 것이다.

나는 신경 쓰지 않고 물을 주기 시작했다.

물을 주니까 꽃의 형태가 잘 보인다.

오렌지색 마리골드, 흰색 피튜니아, 파란색 블루 데이지, 분홍색 금어초. 이 노란색 꽃의 이름은 뭐였더라?

까먹은 꽃도 있지만, 매년 화단에 피는 형형색색의 꽃 이름은 전부 할머니가 가르쳐 주었다.

"케이이치, 많이 컸구나."

물을 주고 있는데 뒤에서 목소리가 들렸다.

나는 작업을 계속하며 대답했다.

"그런가?"

"그래. 키도 자랐어. 등과 손도 커졌고."

확실히 키는 자랐다.

성장통으로 마디마디에 격통이 지나간 건 분명 중2 때의 여름밤이었다.

"상냥한 애가 됐어."

갑자기 왜 그러시지, 하고 생각했다.

"케이이치는 착한 애로 자랐구나."

그렇게나 진지하게 말하면 돌아볼 수가 없다.

이따금 어른들은 이렇게 우리를 본다.

'많이 컸다'라는 말을 귀성할 때마다 여러 어른한테서 듣고 처음에는 '아무래도 상관없어'라거나 '당연하잖아'라며 마음속으로 반항했지만 최근에는 느끼는 방식이 조금씩 변하기 시작했다.

그 말은 우리들 어린아이를 소중히 여겨 주고 있는 증거임을 깨달았기 때문이다.

그리고…… 착한 아이라는 말을 듣는 건 역시 기뻤다.

그 말을 해주는 사람이 할머니라면 더더욱 그렇다.

나는 정말로 할머니를 잘 따르는 아이라고 생각한다. 가끔 만날 수 있지만, 할머니의 존재는 내게는 무척 크다.

"안 그래."

나는 그렇게 말했다.

솔직하게 기뻐하면 좋을 텐데 멋쩍음을 감췄다.

잘 손질된 정원은 꽃이 피고 나무들의 푸른 잎이 무성하게 달려 있다.

나는 물뿌리개가 비어서 수돗가까지 물을 길으러 갔다. 물을 잔뜩 넣은 물뿌리개의 무게로 화단까지 왕복하는 것은 나이 든 사람에게는 힘든 작업이라고 느꼈다.

여름비가 내려 준다면 제일 편한데.

하지만 매번 타이밍 좋게 비가 내려 줄 리는 없으니까 호스를 사서 정원에 설치해야겠다.

나이 든 사람의 생활에는 같이 살지 않으면 알 수 없는 불편함이 있다. 하지만 그 불편함을 할머니는 말하지 않으니까……. 이대로 할머니를 교토에 남겨두고 돌아가도 괜찮은 걸까, 하고 불안해졌다.

"케이이치, 오늘도 마을에 갈 거냐?"

"응. 갈 거야."

"그럼 오는 길에 '나카무라야(中村屋)'의 고로케를 사다 주지 않으련?"

"지금 사 올게."

물주기를 끝낸 나는 그렇게 말했다.

여름 하늘이 높고, 하얀 구름이 떠 있다.

역시 비는 내릴 것 같지 않다.

“나도 갈래!”

현관에서 신발을 갈아 신는 내게 그렇게 말하며 따라온 건 자유분방한 여동생 아카네다.

화단에서의 대화를 엿듣고 있었던 것이다.

“어머니는?”

“동창회래.”

부모에게는 부모의 즐거움이 있는 모양이다.

나는 아카네와 같이 마을로 갔다. 낮의 아라시야마는 사람으로 넘쳐나고 있었다.

그래도 여름의 아라시야마는 벚꽃이나 단풍이 아름다운 봄과 가을에 비하면 그나마 나은 편이라고 할머니가 말했었다.

우리는 인파를 헤치며 도게쓰 다리에서 북쪽으로 올라가 중심가인 아라시야마 가도를 걸었다.

목적은 ‘나카무라야’의 고로케다.

‘나카무라야’는 정육점이다. 그 가게 앞에서 갓 튀긴 고로케를 살 수 있다.

나의 넘버원 고로케는 ‘나카무라야’의 고로케다. ‘나카무라야’의 고로케보다 맛있다고 느낀 고로케는 아직 한 번도 만난

적이 없다.

아라시야마 가도변에 있는 텐류지(天龍寺)에서 오른쪽으로 꺾어 들어갔다.

중심가를 빠져나오자 조금 전까지의 떠들썩한 분위기가 거짓말인 것처럼 사람의 왕래가 줄고 걷기 편해졌다. 잠시 걷자 카페와 홍차 전문점이 보였다. 그것들을 지나서 나아가자 철교 앞에 '나카무라야'가 보였다.

'아라시야마 명물, 비프 고로케'라고 적힌 갈색 노보리*도, 고로케 특유의 구수한 냄새도 반갑다.

"저기, 고로케 30개 포장해 주세요. 그리고 지금 들고 가면서 먹을 거로 2개."

"그렇게나 먹어?"

"먹잖아."

여동생의 물음에 나는 단호하게 대답했다.

맛있는 건 얼마든지 먹을 수 있다. 성장기의 식욕을 얕봐서는 곤란하다.

나는 가족들 몫을 사서 돌아가는 용도로 포장 주문하고 지금 들고 가면서 먹을 몫으로 2개를 주문하여 하얀 포장지에 들어간 고로케 한 개를 아카네한테 건넸다.

"맛있어! 그렇지만 뜨거워!"

아카네는 갓 튀겨 나온 고로케에 흥분하고 있다.

* 긴 장대에 매다는 세로로 긴 형태의 깃발

"천천히 먹어. 아무도 안 빼앗으니까."

"그러네. 하지만 맛있으니까 천천히는 무리야!"

아카네는 후하후하 소리를 내면서 정신없이 고로케를 먹고 있다.

그렇게 서두르지 않아도…… 하고 쓴웃음을 짓는 나를 보고 아카네가 말했다.

"오빠도 빨리 먹지 그래?!"

하얀 포장지 안에서 눈만 나와 있다.

너무 필사적이잖아.

나는 무심코 하핫, 하고 소리 내어 웃고 말았다.

고로케를 다 먹자 아카네는 중심가로 돌아갔다.

"앗, 귀엽다."

그리고 아라시야마 가도를 따라 늘어선 세련된 기념품 가게 안으로 들어갔다.

가게 안에는 여성 손님이 많았다. 진열된 물건도 여자애가 좋아할 것 같은 물건들뿐이라서 딱히 볼일이 없는 나는 가게 앞에서 기다리기로 했다.

주위를 둘러봤다.

어젯밤, 이 근처를 지났을 때 눈에 띈 건 내려진 셔터뿐이었는데 낮의 아라시야마는 활기로 넘치고 있다. 같은 마을이라고는 생각되지 않을 정도로.

아라시야마 가도에는 기념품 가게가 빼곡하게 들어서 있

다. 잘 보니 대나무 세공품 가게와 교토 특산 부채 가게, 카페와 음식점 등 여러 가게가 있다. 가게마다 교토다운 우아한 풍취가 감돌고 있었다.

기모노를 입은 커플이 내 앞을 지나쳐 갔다.

"있지, 있지. 다음은 저쪽 가게 가보자~?"

"그러네~ 가볼까~?"

나누고 있는 말은 교토 사투리다.

그러고 보니 어제 사키도 교토 사투리로 말하고 있었지.

'시시하구만'이라고 말했을 때의 그녀는 정말로 교토 여성이었다.

그녀가 한 말을 떠올리며 문득 내리깐 시선 끝에서 반짝 빛나는 것을 발견했다.

나는 가게 앞에 늘어선 액세서리에 손을 뻗어 그걸 살며시 들어 올렸다.

그건 여름의 눈 부신 햇빛을 받아 빛나고 있다. 반사면이 적은 탓인지 그 빛은 작고 부드럽게 내게 닿았다.

내가 손에 들고 있는 건 끝부분에 별이 여럿 달린 머리핀이다.

핀 끝부분에 커다란 별이 있고 그 밑에 유성처럼 작은 별이 달려 있다. 머리에 달면 귀 언저리에서 커다란 별이, 귀부터 아래쪽 머리카락 부분에서 유성이 빛나는 디자인으로 되어 있었다.

별의 조각을 보고 내가 가장 먼저 떠올린 건…….

역시나 사키였다.

이 머리핀은 푸른 샘에서 무수한 별에 둘러싸여 별을 건지는 그녀한테.

별을 애타게 그리는 그녀한테 분명 잘 어울린다.

"오빠, 기다렸지!"

"그, 그래."

한동안 아카네의 관광에 같이 어울렸다.

아카네는 낮의 아라시야마에 어머니랑 같이 몇 번인가 온 적 있어서 이 마을에 관해서는 나보다도 자세히 알고 있었다.

"이 절, 전에도 왔어!"

"이 대나무숲은 몇 번 봐도 굉장하다니까!"

환호하는 듯한 밝은 목소리를 내는 여동생에게,

나는 "절이나 신사 같은 관광지는 한 번 가면 충분하잖아?" 라고 말했다.

"그렇지만 시간이 좀 지나면 또 오고 싶어져."라고 아카네가 대답했다.

"어째서?"

"할머니가 말이야."

"응."

"교토의 마을은 색깔이 변한단다, 라고 가르쳐 주셨으니까.”

“색이…… 변한다?”

“응. ‘계절이나 날씨, 같이 보는 사람, 보고 있을 때의 자기 심정. 그것들이 경치의 색을 바꾼단다. 그러니까 아름다운 건 몇 번 봐도 괜찮아’라고 하셨어. 그 말을 들으니까 어쩐지 그런 느낌이 드는 것 같아서…… 몇 번이고 보고 싶어져.”

“교토는 볼 때마다 아련하게 색이 변한다면, 어떤 색이든 다 봐 두고 싶어.” 아카네는 그렇게 덧붙였다.

어려운 이야기를 하고 있잖아, 라고 나는 생각했다.

할머니가 나한테는 그런 이야기를 한 적이 없는데.

하지만 색이 변한다라…….

알 것 같은 느낌이 든다.

할머니가 그렇게 말하고 싶어지는 것도, 아카네가 그 말을 믿고 싶어지는 것도.

곧고 바른 푸른 대나무 사이로 새로 난 대나무의 색깔을 띤 부드러운 빛이 비쳐 들어온다. 아름다운 대나무숲 속으로 이어지는 샛길을 따라 걷자 신사를 둘러싼 작은 숲이 보였다. 우리는 그 숲 안쪽에 있는 신사에서 참배한 뒤 다시 대나무숲 속 샛길을 걸었다.

대나무숲을 빠져나오자 탁 트인 경치가 펼쳐져 있었다.

역사를 간직한 교토의 풍경이 이쪽에도 저쪽에도 넘쳐나고 있다.

눈에 들어오는 그 풍경의 색조가 희미하고 아련하게 비쳤다.

“다음은 세이료지(清涼寺)네! 그다음은 고토키키챠야(琴きき茶屋)에도 가고 싶어!”

여동생이 얌전히 기특한 말을 한 것도 잠깐, 나는 자유분방한 여동생한테 휘둘렸다.

정말로 좀 봐줬으면 좋겠다.

여동생 손에 이끌려 세이료지 정문 앞 산장터*를 걷고 있는데 길게 늘어선 줄이 나타났다.

“이거…… 뭐야?”

안 좋은 예감이 들었다.

“여기 두부 유명하다구. 사가노 명물, 두붓집 ‘모리카(森嘉)’! 할머니가 좋아하는 음식이니까 사드리자!”

여동생의 발언에 나는 정말 싫어하는 긴 줄에 뒤로 가서 섰다.

몇 번이고 생각했다. 정말로 좀 봐줬으면 좋겠다.

겨우 두부를 손에 넣고 여름 더위와 사람의 열기로 축 늘어진 내 옆에서,

“다음은 말이지! 다음은!”

흥분한 기색으로 그렇게 말하는 여동생을 조금은 진정하라며 타이르고, 우리는 점심을 먹기로 했다.

* 세이료지는 헤이안 시대 귀족인 미나모토노 토오루의 산장터에 지어졌다

아카네는 가게에 들어가자마자 식사도 주문하지 않고 디저트를 주문했다.

지금 아카네가 먹고 있는 건 일본식 파르페다. 대나무로 만들어진 용기 안에 와라비모치와 팥이 들어가 있다. 하얀 경단과 밤도 보인다. 그 옆의 생크림 밑에는 약간 거무스름한 색깔의 아이스크림이 있다.

"맛있어~"

아카네가 파르페를 입안 가득 넣고 맛있게 먹는 것을 보며 볼이 터지는 것 아닐까 걱정했다.

"그거 무슨 아이스크림인데?"

약간 거무스름한 색깔의 아이스크림은 초콜릿 맛으로는 보이지 않았다. 하지만 바닐라 맛으로는 더더욱 안 보인다.

밥을 입에 넣으며 묻자 아카네는 "검은콩 아이스크림."이라고 대답했다.

검은콩 아이스크림…… 이라. 처음 들었다. 맛있나, 그거.

"엄청나게 맛있다니까!"

내 마음을 읽고 아카네가 단호하게 대답했다.

"아카네, 이거 다 먹으면 가자."

"알았어. 그럼 돌아가는 길에 한 곳만 더 들르고 싶은 데가 있는데."

활짝 열린 창문으로 맑은 공기가 흘러들어왔다.

흘러들어오는 바람은 낮의 열기를 머금고 있는 것처럼 느껴지기도 했지만 온도는 낮보다도 훨씬 낮다.

오늘은 하루 종일 여동생 돌보기와 할머니 심부름으로 끝나 버렸다.

하지만 무사히 시간을 때울 수 있어서 다행이었다고 생각한다.

이제야 겨우 밤이 왔기 때문이다.

밤하늘을 올려다보니 오늘도 푸른 보름달이 빛나고 있다.

그건 그녀가 말한 블루문이었다.

오늘도 샘에 사키가 온다.

나는 현관으로 향했다.

현관에서 허리를 숙이고 스니커즈를 신은 뒤 고개를 들자 신발장 위에 작은 거울이 놓여 있는 게 보였다. 나는 살며시 거울 속을 들여다봤다.

어제보다도 세팅에 시간을 들이고 말았다. 옷은 가져온 것 중에서 제일 좋아하는 옷이다.

"케이이치. 그렇게 멋을 내고선 어딜 가니?"

거울 너머로 어머니와 눈이 마주쳤다. 딱히 멋을 부린 건 아니다. 몸단장을 가지런히 하고 있었을 뿐이다.

하지만 나는 어쩐지 쑥스러워져서.

"잠깐 산책."

"어떻게 봐도 산책하러 가는 차림이 아니잖아."

"다녀오겠습니다."

나는 어머니의 말을 끝까지 듣지 않고 집에서 뛰쳐나왔다. 어머니의 감은 예리하니까 이상한 말 듣기 전에 도망치는 게 상책이다.

"별난 애네."

그렇게 중얼거리는 어머니의 목소리가 나한테는 닿지 않았다.

나는 할머니 집을 나와 숲으로 향했다. 숲까지 가는 길은 헤매지 않았다.

가로등이 없어도 지도가 없어도 블루문의 빛이 밤길을 비춰 주기 때문이다.

오늘 밤도 내가 걷는 길은 무척 푸르다.

밤하늘에 떠오른 커다란 푸른 달이 길 안내라도 해주고 있는 것만 같다.

어제보다도 제법 일찍 숲 입구에 도착했다. 분명 나도 모르는 사이에 잰걸음이 되어 있었던 것이리라.

나는 숲으로 들어가서 샘으로 향했다.

나무와 풀이 무성하게 자란 산길을 걷다 보니 잠시 후 시야가 트였고 나는 '아'하고 소리를 낼 뻔했다.

눈앞의 세계는 역시 파랬기 때문이다.

펼쳐진 공간은 어제와 같다. 밤의 군청색과 샘의 푸른색이 서로 뒤섞이고, 거기다 달까지도 파래서. 나는 이 푸른 세계에 오고 싶었던 것이다.

나는 샘을 향해 걸어갔다.

샘에 가까워질 때마다 안쪽에서 두근, 두근, 하고 작은 소리가 들려왔다.

호흡하기가 힘들다.

샘에 다다랐다.

푸른 세계 속에 단 하나 벚꽃색 색채가 있어 그걸 응시했다.

있다. ——사키였다.

그녀는 오늘도 샘물가에 쪼그려 앉아 투명한 우산을 들고 놀고 있었다.

그 모습은 역시 어린아이 같다. 저렇게나 예쁜 어린아이는 본 적이 없음에도 불구하고, 우산을 가지고 노는 사키를 보고 또 그런 식으로 느끼고 말았다.

"그거 정말로 건질 수 있어?"

나는 소리를 내지 않도록 살며시 가까이 다가가 물었다.

갑자기 들려온 목소리에 그녀의 움직임은 딱 멈췄다. 살며시 돌아서 내 얼굴을 확인하자 그녀는 긴장이 풀린 미소를 보여줬다.

"깜짝 놀랐네~ 케이이치 군이구나."

"그 금붕어 건지기였던가? 언제까지 하는 거야?"

놀리는 듯한 어조로 그렇게 말하자 사키는 "아니야."라며 화난 듯이 뾰로통해진 모습을 보였다.

"금붕어 아니거든요."

"별이던가?"

"맞아. 아니 그보다 기억하고 있으면서 너무하네."

"미안. 화났어?"

나는 그렇게 말하고는 그녀 옆에 앉았다.

오늘도 역시 지면은 차갑다.

그때, 바람이 불어와서 그녀의 머리카락을 하늘하늘 흔들었다.

흔들린 머리카락이 그녀의 얼굴에 걸렸다. 그녀는 눈을 감고 그 머리카락을 넘겼고 머리카락을 다 넘기자 다시 눈을 떴다.

그리고 시선을 내게로 옮겨,

"거짓말이야. 농담. 화나지 않았어."

그렇게 말하며 미소 짓는 그녀는 핑크색 카디건을 걸치고 있었다.

그 안에는 하얀 셔츠. 스커트는 무릎길이 데님 스커트. 하얀 양말에 스니커즈를 신고 있다.

꾸민 기색이 없는 차림새는 어제와 같지만 옷이 파란색에서 핑크색으로 바뀐 것만으로도 어제의 그녀와는 인상이 또 달라 보였다. 핑크색 카디건이 그녀의 부드러운 미소를 더욱 따뜻하게 만들어 주고 있었다.

그녀가 들고 있던 우산을 샘 밖으로 꺼냈다. 그리고 우산을 접어 지면 위에 내려놓았다.

나는 흠칫 놀라서 물었다.

"괜찮아? 그거. 이제 안 가지고 놀아?"

"응. 케이이치 군이 왔으니까."

"내가 왔으니까 그만하는 거야?"

"둘이서 할래?"

"그것도 이상한가."

"그렇지?"

우리는 서로 웃었다.

역시 사키는 마음 착한 아이일 것이다.

나와의 시간을 소중히 여겨 준다. 분명 누구에게나 배려를 잊지 않을 것이다.

"정말로 왔구나."

"어?"

갑작스럽게. 하지만 줄곧 하고 싶었던 말인 것처럼 사키가 말했다. 나는 귀를 기울였다.

"어제 케이이치 군이 물어봤잖아? 매일 밤 여기에 오냐고."

"그랬지."

"그냥 그렇게 물어보기만 하고……. 그러니까 오늘 밤에 케이이치 군이 올지 안 올지 알 수 없어서 말이야."

그러고 보니 오늘도 온다고 말하지 않았네.

"민폐였어?"

"아냐. 전혀! 그런 의미가 아니라."

그녀는 황급히 부정했다.

"매일 밤 여기에 오냐고 물어본 게 대화 흐름으로 그냥 하는 말이려나~, 하고 생각했었어. 난 인사치레 같은 말에 익숙하지 않으니까. 어디서부터 어디까지가 진짜인지 알 수 없어서. 조금 망설이고 있었어."

"그렇구나. 분명히 말하지 않아서 미안해. 사키가 샘에 오는 동안은 매일 오고 싶어."

"……그래."

"할머니 집에 있어도 따분하니까 말이야."

하핫, 하고 웃으며 하늘을 보자,

"따분하구나."

그렇게 말하고 그녀도 웃어 주었다.

"그럼 여기도 따분하지?"

"어?"

아니다. 그런 의미가 아니다.

나는 사키와 같이 이 샘에서 지내는 이 시간을 기다리고 있었다.

할머니 집에 있어도, 마을에 있어도, 머리핀을 봐도 나는 사키를 떠올리고 말았다. 머릿속 한구석에 사키가 있었다.

어제 처음 만난 사람이 어째서 이렇게나 신경 쓰이는 걸까?

나는 내 안에 처음으로 싹튼 감정에 당혹스러워하고 있었다. 그것의 의미를 알고 싶어서 여기에 온 것이다.

그러니 따분할 리가 없다.

그렇게 말하고 싶지만 내가 가진 적은 어휘 중에서 그 마음을 잘 전할 수 있는 말을 찾아낼 수 없었다. 뭐라고 말하면 잘 전해질까?

생각하고 있는데 그녀가 종이 한 장을 꺼내 펜으로 뭔가를 썼다.

그녀는 종이를 접은 우산 아래에 끼운 뒤 일어섰다.

"그럼 놀러 갈래?"

"어? 그래도."

괜찮은 것일까?

사키가 이 장소에 오는 이유는 무엇일까?

그걸 묻지는 않았지만 사키는 통금 시간까지 이 샘에 있고 싶은 것이려나 싶었다. 그 시간을 이 장소에서 함께 보낼 수 있다면 즐겁겠다고 생각하고 있었기에 그녀의 제안에 놀람을 감출 수 없었다.

"괜찮아. 썼으니까. 문제없어. 나 어쩐지 케이이치 군한테 여러 가지로 안내하고 싶은 기분이야. 누나라서 그런 걸까나."

"동갑이야."

"그랬었죠."

어떻게 봐도 나보다 연상으로는 보이지 않는 그녀와 서로 깔깔 웃으며 우리는 산길을 걸었다.

내 앞을 걷는 그녀의 발걸음은 경쾌하다. 그녀는 갈색 산길에 뻗어 있는 나무와 풀을 능숙하게 헤치며 나아갔다.

길이라고 인정하고 싶지 않은 길에 접어들어도, 경사가 심한 길을 걸어도, 그녀가 걷는 속도는 변하지 않는다. 불평 한마디 하지 않는다.

역시나 이 지역 애구나, 하고 감탄했는데 별안간 그녀가 멈춰 섰다.

"케이이치 군 괜찮아?"

사키는 뒤돌아보며 말했다.

나는 숨을 헐떡이며 "괜찮아."라고 말했다.

축구로 단련되었다고 생각했는데 산길은 사용하는 근육이 다른가? 그게 아니면 사키가 빠른 건가?

"조금만 더 가면 되니까."

그녀는 시원스러운 표정을 지어 보였다.

잠시 후 우리는 산 끝부분에 도착했다.

어쩌면 이곳이 정상일지도 모른다. 약간 높은 언덕이라고도 할 수 있는 울창하고 낮은 산인 것이리라.

"케이이치 군, 봐."

그렇게 말하고 사키가 눈 앞에 펼쳐진 공간을 가리켰다.

공기가 맑고 조용한 여름밤에 반짝거리는 수많은 빛이 흔들리고 있다.

장난감처럼 작아진 집과 아파트가 우리한테 빛을 보내고 있다.

조금 전 샘에서 본 별과는 다른 인공적인 아름다움이다. 여름 밤하늘의 대기 때문인지 저 너머의 먼 곳은 흐릿하게 비친다.

산 위에서 밤의 교토를 한눈에 바라볼 수 있었다.

"굉장하네."

문득 새어 나온 내 말에 그녀가 대답했다.

"응. 이 장소 정말 좋아해."

그렇게 말한 사키의 옆모습이 샘에 있던 때보다도 또렷하게 보였다. 인공적인 빛 덕분이다.

멀리 있는 마을의 빛과 흔들리는 네온사인을 보면서 그녀가 말했다.

"오늘은 날씨가 무척 좋으니까 분명 야경이 아름답겠지 싶어서 말이야."

"응."

"그랬더니. 어쩐지 케이이치 군한테도 보여주고 싶어져서……."

말끝을 흐린다.

그녀의 큰 눈동자에 흔들리는 빛이 비치고 있다.

정말 좋아하는 장소라면 몇 번이나 보러 온 적이 있는 경치일 터다. 하지만 그녀는 처음 본 것만 같은 표정으로 야경을 바라보고 있었다.

빛을 포착한 그녀의 동그란 눈동자도, 그 위에 있는 긴 속눈썹도, 바람에 흐르는 찰랑거리는 머리카락도, 오뚝한 콧날도, 작고 얇은 입술도…… 전부 아름답다고 느꼈다.

"……고마워."

나는 작은 목소리로 말했다.

"아냐. 나야말로. 같이 와 줘서, 고마워."

그리고 무엇보다 나를 보며 미소 지어 주는 그녀의 얼굴이 가장 아름답다고 느꼈다.

온 하늘을 가득 채운 별 아래에서 시간만이 조용히 흘러간다.

별의 반짝임이 내 가슴에도 떨어져 내려온다.

그녀가 야경으로 시선을 되돌렸기에 나도 그쪽을 봤다.

"혼자서 보는 것보다 예뻐……."

그녀가 혼잣말처럼 밤하늘을 향해 말했다.

그녀가 가르쳐 준 마음에 드는 경치는 무척 아름다웠다.

내가 알지 못했던 세계의 존재였다.

"저기 왼쪽이야. 숲 너머로 보이는 운동장이랑 건물 보여?"

잠시 후, 사키가 야경을 가리키며 설명해 주었다.
"응. 저건 학교야?"
"맞아. 저건 초등학교."
"그럼 저쪽은?"
강을 사이에 낀 숲 바로 앞쪽에서도 비슷한 건물을 발견했다.
"저건 말이지, 지금 내가 다니는 고등학교."
"흐음……."
저게 고등학교인가. 그나저나 초등학교보다 제법 큰데. 운동장도 매우 넓다.
"그리고 오른쪽에 있는 게 중학교."
그렇군. 두 개의 건물을 하나의 학교라고 착각했다.
"옆에 지어져 있구나."
"맞아. 같은 부지야. 학생 수가 적으니까."
"흐음……."
"케이이치 군이 다니는 학교는 어떤 느낌이야?"
"어떠냐니, 평범해. 이곳처럼 자연도 많지 않고, 땅도 넓지 않지만. 뭐, 마을 안에 있는 평범한 학교려나."
"재밌어?"
"재밌어. 사키는?"
"재밌어."
학교생활을 떠올리고 행복한 듯이 미소 짓는 사키의 표정을 보니 무언가 답답한 감정이 느껴졌다.

응? 뭐지?

내 감정을 모르겠다.

나는 고개를 흔들고 질문을 계속했다.

"사키는 몇 반이야?"

"2반."

"케이이치 군은?"

"나는 4반."

"다르네."

"뭐, 숫자가 같아도 같은 반이 되는 건 아니잖아?"

"그렇긴 하지만 말이야."

만약 사키와 같은 반이었다면 어떤 고등학교 생활을 보내고 있었을까.

만약 사키가 옆자리였다면——

'안녕'이라고 말하면 '안녕'이라며 미소 띤 얼굴로 인사해 줄까?

분명 사키라면 인사해 주겠지.

인사를 나눈 뒤, 우리는,

'어제 마츠 짱* 나오는 프로그램 봤어?'

'아아, 그거? 재밌었지. 마지막의 그 개그가 말이야…….'

그런 대화를 아침부터 쭉 하고 있을 것 같다.

---

* 일본의 개그맨

보통은 떠올리지 않을 공상을 머릿속으로 그리고 있는 걸 부끄럽게 생각하면서도, 그 공상이 조금이지만 현실적으로 느껴진 건 역시 같은 나이이기 때문이다.

나와 그녀는 사는 장소는 달라도 공기의 습도가 비슷하다. 그러니까 지금도 마음이 편한 것이리라.

"저기, 사키."

"왜?"

"아라시야마 산은 어느 산을 말하는 거야?"

"도게쓰 다리 알아?"

"응. 저거잖아, 저쪽에 보이는 저 다리."

"맞아, 맞아. 그 도게쓰 다리 너머 건너편. 남쪽에 있는 산이야."

"저 근방 전부가 아라시야마 산이야?"

"아니. 강을 사이에 끼고 맞은편에 있는 산은 오구라 산."

그러고 나서 나는 야경을 보며 교토에 관해 배웠다.

그녀가 친절하게 가르쳐 줘서 무척 이해하기 쉬웠다.

교토를 자세히 알게 되어 간다. 나는 이 마을을 정말 좋아하니까 솔직하게 기뻤다.

"아……."

잠시 후 나는 흔들리는 빛 안쪽 먼 곳에서 마을의 랜드마크인 건물을 발견했다.

어제 도게쓰 다리에서도 보였던 건물이지만, 이 장소에서 보는 모습이 훨씬 더 아름답게 보인다. 그 건물은 밤하늘을 향해 똑바로 서 있었다.

“저건 교토 타워?”

나는 그 건물을 가리키며 말했다.

어떤 건축물보다도 큰 타워의 몸통 부분은 가느다랗고 하얬으며, 끝부분은 빨갛게 반짝이고 있다. 빛의 양이 다른 것이다. 그곳만 잘라낸 것처럼 밝다.

그리고 그 모습은 마치 불을 붙인 초처럼 보이기도 했다.

“맞아. 정답. 교토 타워.”

좋아. 맞혔다. 교토 사람이 아니더라도 교토 타워 정도는 안다.

“저기, 알고 있어? 교토 타워는 일본 전통 초를 이미지화해서 만들어졌대.”

“어? 진짜?”

‘교토 타워는 초처럼 보인다’라고 방금 생각했던 참이다.

“뭐, 나도 친구한테서 들은 거지만. 어쩌면 도시 전설일지도 몰라.”

“그래?”

“응. 교토 사람은 대체로 초라고 말하지만. 사실은 바다가 없는 교토시를 비추는 등대를 이미지화해서 만들어졌대. 최근에 알게 됐어.”

“어느 쪽이려나.”

내가 그렇게 말하며 웃자,

"그러게."

그녀도 같이 웃어 주었다.

하지만 나한테는 초처럼 보인다.

새까만 어둠 속에서 문득 시선을 들었을 때, 끊임없이 타고 있는 작은 불꽃의 일렁임을 발견하면 분명 마음이 진정될 것이다.

"어릴 적부터 그렇게 들었기 때문일지도 모르지만, 역시 나한테는 초처럼 보여."

사랑스러운 듯이 교토 타워를 바라보며 그녀가 말했다. 나도 같은 생각이었다.

"응."

"나 말이야. 생일이 되면 교토 타워에서 축하하고 있어."

"교토 타워에서 축하……?"

"이 장소에 와서 초를 보고, 달을 보고, 축하하는 거야. 또 한 살 나이를 먹었어, 라고 엄마한테 이야기해."

나는 사키가 하는 말의 의미를 영 이해할 수 없었다.

"엄마한테 이야기한다고?"

"응. 우리 엄마…… 달에 있어."

샘에 있을 때보다도 훨씬 크고 손을 뻗으면 닿을 정도의 거리에 달이 있다.

오늘의 달도 보름달 모양을 하고 있어서 우리를 내려다보는 것처럼 창백하게 빛나고 있다.

그녀는 그 빛에 감싸여 커다란 달을 등지고 미약하게 입술을 움직였다.

"나…… 히나타 기숙사생이야."

표정은 냉정하다. 하지만 그 목소리는 쉬었으며 떨리고 있었다.

사키한테는 어울리지 않는 덧없는 목소리와 슬퍼 보이는 표정을 지워 주고 싶다고 생각했다.

야경을 보면서 교토에 대해 설명해 준, 우산을 가지고 샘에서 놀고 있는 그런 천진난만한 사키가 보고 싶어져서. 나는,

"좋은 이름이네."

라고 말했다.

"그러려나……."

그녀의 어깨에서 힘이 스륵 빠져나가는 것을 알 수 있었다.

그녀의 커다란 눈동자에 얇은 막이 생겼다.

그게 눈물임을 알아차리고 나는 허둥댔다.

"사, 사키?"

농담이지? 울렸어? 나 때문인가?

여자애의 눈물에 강한 남자 같은 게 있을까.

나는 어떻게 하면 좋을지 몰라서 곤란해했다.

그녀의 눈동자에 눈물이 가득 차고 있다. 하지만 그걸 흘리

지는 않았다.

"사키?"

고개를 숙여 시선을 내리고 열심히 눈물을 참고 있는 그녀. 나는 어떻게 하면 좋을지 알 수 없어서 한 번 더 이름을 불렀다.

하지만 대답은 없다.

걱정됐다.

하지만 나는 기다리기로 했다. 재촉하고 싶지 않았다.

잠시 후, 살며시 고개를 든 그녀는 나를 물끄러미 쳐다보더니 부드러운 미소를 입가에 띤 채 말해 주었다.

"아니야. ……기뻐서."

그녀가 웃으면 꽃이 핀다.

내 가슴속에 있는 수많은 꽃봉오리가 하나하나 개화한다.

오늘 핀 꽃은 분명 이슬에 젖은 아련한 꽃이다.

"……다행이다."

그녀가 눈물지은 이유는 알 수 없었지만 슬프게 만든 건 아닌 모양이다.

나는 마음속 깊은 곳에서 안도의 한숨을 내쉬었다.

"앗! 케이이치 군, 괜찮아?"

"미안. 괜찮아. 그보다 더 가야 해?"

"아냐. 이제 금방이야."

그 뒤, 나는 그녀가 눈물지은 이유를 물어볼 수가 없어서 "기숙사는 이 근처야?"라고 물었다. 의도는 없었다.

그런데도 사키는 "응. 가볼래?"라고 말했다.

어쩌지. 지금의 나는 완전히 긴장하고 있다. 산길에서 넘어져 버릴 정도로.

산길을 15분 정도 걷자 넓은 평지에 도착했다.

그 앞에 커다란 대문이 보였다. 사키는 작은 목소리로 "이쪽이야."라고 말하고는 어둑어둑한 어둠 속에 서 있는 문을 지났다. 거기에는 '히나타 기숙사'라고 크게 적혀 있었다.

문을 지나자 커다란 정원이 펼쳐져 있었다.

정원을 가로질러 걷자 부지 내에 건물 두 채가 세워져 있었다.

하나는 콘크리트로 만들어진 2층 높이의 대형 기숙사였다. 그 기숙사는 어둠 속에서도 알 수 있을 정도로 상당히 낡은 건물이다.

그 옆에는 집 같은 기숙사가 있다. 마치 가족끼리 사는 단독주택 같은 건물은 대형 콘크리트 건물과 비교하면 새것처럼 보인다.

집 같은 기숙사에만 불이 켜져 있었고 안에서 웃음소리가 들려온다. 누군가가 생활하고 있다는 걸 알 수 있었다.

하지만 대형 기숙사 쪽은 아주 깜깜했다. 다들 자는 중일까?

사키는 어두컴컴한 대형 기숙사 쪽으로 걸어갔다. 나도 뒤를 따라갔다.

"다녀왔습니다."

사키가 커다란 문을 열고 기숙사 안으로 들어갔다.

문 너머에 커다란 신발장이 보였다.

50켤레 정도는 가볍게 들어갈 듯한 대형 신발장이 벽 한쪽 면에 설치되어 있다. 그렇지만 안쪽은 텅 비어 있다.

사키가 벗은 신발을 왼쪽 위의 신발장에 넣었다.

"케이이치 군은 여기에 넣으면 돼."

"알았어."

나는 사키가 말한 곳에 벗은 스니커즈를 뒀다. 그때, 앞을 걸어가던 사키가 탁, 탁, 소리를 내며 복도와 방에 불을 켰다.

방안이 확 밝아졌고 눈이 부셔서 눈을 가늘게 떴다.

"짠. 여기가 내 집이야."

그녀의 목소리에 눈꺼풀을 들어 올리니, 양팔을 벌리고 있는 사키가 이쪽을 보고 있었다.

눈에 비친 건 넓은 거실…… 이라기보다는 다목적실이라든가, 레크리에이션 룸 같은 표현이 어울릴 것 같은 방이었다. 무기질적이고 아무것도 없는 텅 비고 넓은 방.

문득 방 한구석으로 시선을 향하니 2층으로 이어지는 계단도 있었다.

그 끝에 문이 몇 개 보였다. 2층이 개인실인 걸까?

그녀가 방을 둘러보는 나를 보며 말했다.

"……깜짝 놀랐어?"

걱정스러운 듯이 고개를 기울였다.

나는 "뭐, 그렇네."하고 대답했다. 솔직한 마음이었다.

"그렇겠지……."

사키는 조금 시무룩해진 듯이 미소 지었다.

"케이이치 군은 모르겠구나. 이 마을 사람이 아니어서."

"……무슨 의미야?"

"히나타 기숙사의 의미."

처음 그 이름을 들었을 때는 고등학교 기숙사려나 싶었다. 전교생 기숙사제 고등학교 학생인 걸까, 하고.

하지만 산길을 걸으면서 그녀의 눈동자에 얇게 맺힌 눈물의 의미와 그녀가 한 말의 의미를 생각해 봤다.

'나…… 히나타 기숙사생이야.'

'응. 우리 엄마…… 달에 있어.'

혹시, 이 기숙사는…….

"여기, 아동 보호시설…… 이야."

작은 목소리로 그녀가 말했다.

"이 근처 사람은 히나타 기숙사라는 말을 들으면 표정이 변하는 사람이 많으니까. 하지만 케이이치 군은 안색 하나 변하지 않았잖아? 그러니까 어쩐지 기뻐서. 데리고 와서 ……미안해."

망설임이 섞인 목소리로 사키가 말했다.

나는 역시나 사키의 쓸쓸해 보이는 표정을 보고 싶지 않다고 생각했다.

어째서일까? 그녀는 쭉 웃고 있으면 좋겠다고 바라게 된다.

"왜 사과하는 거야?"

"어?"

"사과할 일이 아니잖아. 난 기쁜데."

"……."

"사키의 집에 올 수 있어서."

다양한 이유로 부모와 함께 살 수 없는 아이들이 한 지붕 아래에서 생활하는 장소를 아동 보호시설이라고 부르는 것 정도는 나도 알고 있다.

자세한 사정도 모르고, 온 것도 처음이지만.

하지만 그 사실을 안다고 해서 우리는 아무것도 변하지 않는다.

내가 도쿄에 살고 있고, 그녀가 교토에 살고 있다.

그런 내가 '다니 케이이치'이고, 눈앞의 그녀가 '고미야 사키'라는 것.

그것들이 아무것도 변하지 않는 것과 마찬가지로.

나는 하얀 벽에 손을 짚고.

"이 기숙사, 내가 다녔던 아동관과 비슷하네."

라고 말했다.

"아동관?"

"그래. 우리 부모님은 맞벌이여서 초등학교가 끝나면 아동관에서 밤까지 지냈어. 요새 말하는 학동 보육 같은 거? 다녔던 초등학교가 학생 수 1천 명을 넘는 매머드 학교였으니까 학교가 끝나고 아동관에서 지내는 녀석이 200명 정도는 있었지."

"그렇게나?"

"많지? 공간은 좁지, 신발장에 신발은 다 안 들어가지, 짐은 섞이고 해서 큰일이었어. 이렇게나 넓지 않아서 다들 자리다툼도 하고."

"응."

"즐거웠어."

수많은 애들 틈에 끼어 시달리면서도 서로 웃고 지냈던 그 무렵.

이 장소에는 그 무렵과 같은 냄새와 분위기가 있다.

시선을 내리니 바닥에 닳은 흔적이 있었다. 벽에는 귀여운 캐릭터 낙서. 기둥은 키 측정기가 그려져 있다.

나는 방안을 걸었다.

"넓네."

이곳저곳에 아이들이 뛰어다닌 흔적이 있다.

까불면서 떠들고, 장난치고, 놀았던 흔적이다.

"그래?"

"꽤나. 여기 몇 명 있어?"

"어디 보자, 50명 정도."

"그 정도야?"

잘 생각해 보니 50명이 생활하는 건 분명 큰일일 것이다. 하지만 200명이 지냈던 아동관을 상상하며 한 내 말에 거짓말은 없었다.

"50명이라, 재밌을 것 같네."

내가 그렇게 말하자, 그녀는 마음에 스며드는 듯한 상냥한 미소를 보여주었다.

"그래도 괜찮겠어?"

"뭐가?"

"이런 시간에 와서."

온다면 당당히 낮에 놀러 오고 싶었다.

다른 사람한테 폐가 될 테고.

2층을 힐끔 쳐다봤다. 다들 푹 자는 중일까. 생활하는 소리 하나 나지 않는다.

깨우기 전에 돌아가는 편이 좋겠지.

이런 시간에 사람을 데리고 오다니…… 하고 사키가 혼나지 않을까 걱정이었다.

사키의 입장이 나빠져도 곤란하다고 생각하여 '낮에 또 올게'라고 말하려 했을 때, 그녀가 먼저 말했다.

"괜찮아."

"어?"

"여기, 지금은 나만의 집이니까."

"무슨 말이야?"

"전세 낸 상태야."

나는 의아하게 여겨 그녀를 봤다.

"케이이치 군 미간에 주름이."

그녀가 그렇게 말하며 쿡쿡 웃었다.

나한테는 난감할 때나 상대가 무슨 말을 하는지 잘 모르겠을 때 주름이 질 정도로 미간을 찡그리는 버릇이 있다. 감정이 얼굴에 그대로 드러나는 모양이다.

"무슨 말인지 이해하기 힘들지? 천천히 설명할게."

"아아…… 응."

"일단 지금의 내 방에 갈래?"

그녀가 안내해 준 방은 1층의 가장 모퉁이 쪽 방이었다.

5.5평 정도의 넓은 방. 목제 마루방을 보고 역시 오래된 건물이라고 느꼈다.

방에는 고정식 사물함이 몇 개 늘어서 있었고, 군데군데 나무가 벗겨지거나 갈라진 부분을 보수한 흔적이 있다. 여기서 누군가가 생활하고 있음을 잘 알 수 있다.

방에 들어가 몇 걸음 걷자 희미하게 무언가 냄새가 났다. 이 냄새의 정체를 나는 알고 있지만 떠오르지 않는다. 그런 감각이었다.

냄새가 나는 쪽으로 시선을 향하자 커다란 창문 앞에 하얀 천으로 덮인 무언가가 있다.

"으음, 여기 앉아 줘. 그리고 너무 쳐다보지 말아 줘."

내가 그녀의 방을 뚫어지게 쳐다보고 있다는 걸 눈치챈 모양이다.

"미안!"

나는 사과하고, 그녀가 말한 곳에 앉았다.

여자애 방을 뚫어지게 보면 안 된다.

그 정도 상식은 있다고 생각했다. 그런데도…….

"장난이야, 장난. 농담이래도."

사키가 방 한구석에 놓여 있는 작은 냉장고 앞까지 걸어가서 페트병 두 개와 작은 과자 봉지를 들고 돌아왔다.

"케이이치 군은 순진하다는 말 자주 들어?"

"들어본 적 없는데."

"그럴까나아?"

그녀는 작은 테이블 앞에 앉은 내게 생글생글 웃는 표정으로 "자."라고 말하고는 페트병을 건네주었다.

"고마워."

나는 그걸 받았다.

사키가 준 건 차였다. '오~이'라고 패키지에 적혀 있다.

사키는 내 맞은편에 앉더니 옆에 있던 선풍기 스위치를 켰다. 선풍기 머리가 천천히 돌아 방의 공기가 움직였다. 시원한 바람이 돌아온다.

"저기, 사키."

나는 물어보기로 했다. 신경 쓰였던 것을.

"전세 낸 상태라니……?"

역시 이 기숙사는 인기척 소리 하나 나지 않는다.

이 방 말고는 생활감이 없다.

나는 그녀의 설명을 들었다.

히나타 기숙사의 넓은 부지 안에는 건물 두 채가 있어서, 지금 우리가 있는 기숙사는 중학생 이하가 사는 기숙사라고 했다.

고등학생은 개인실이 주어지는 모양이라 이쪽 기숙사만으로는 방 수가 부족해져서 옆에 증설되었다. 옆에 세워진 빛이 켜진 기숙사가 고등학생이 사는 기숙사라고 사키는 말했다.

"저쪽은 꽤 신축 같아 보이네."

나는 커다란 창문 너머로 보이는 밝은 기숙사를 보며 말했다.

"그렇지는 않아. 다들 개인실과 평범한 집 같은 기숙사가 기뻐서 소중히 쓰는 편이라 여기보다 깔끔해 보이지만 제법 오래됐어."

어둠 속이라서 이 기숙사보다도 저쪽의 집 같은 기숙사가 더 신축 같아 보인 것뿐인가.

빛이 있는 만큼 따뜻함을 느낀 것일지도 모른다.

"어라? 사키는 고등학생이니까 저쪽 아니야?"

문득 뇌리에 떠오른 의문을 던졌다.

"응. 평소에는 저쪽 기숙사에 살고 있지만. 방 수가 부족해서 내 방은 룸메이트랑 같이 쓰거든. 밤에만 이쪽 기숙사를 특별히 빌려 쓰고 있어."

빌려 쓰고 있다?

"여기는 방이 남는다는 거야?"

"남는다고 할지…… 지금은 아무도 없어."

"어째서?"

"실은 이 기숙사는 철거가 결정됐거든. 갈 곳이 정해진 어린애들부터 새로 살게 될 장소로 옮기는 중이야."

"엇."

"사흘 전에 마지막 애가 나가서 말이야. 지금 이 기숙사는 텅 비어 있어."

그렇구나.

"그래서 전세 낸 상태…… 인가."

"……응."

정적이 희미하게 들려오는 선풍기 소리까지도 빨아들이는 듯했다.

우리 사이에 차가운 공기가 흘렀다.

나는 찾아온 침묵을 깨고 싶어서 화제를 찾았고…… 발견했다.

"……저기 말이야."

그녀는 의아한 듯이 나를 봤다.

"저기 걸려 있는 하얀 천은 뭐야?"

이 냄새는 무슨 냄새더라? 떠올리려 했지만 떠올릴 수 없는 그리운 냄새.

나는 커다란 유리창 앞에 놓인 그 존재가 몹시 신경 쓰여 물어봤다.

저것이 그녀가 이 방을 빌리고 있는 이유인 걸까.

"이거?"

그녀는 그렇게 말하고는 하얀 천에 가까이 다가갔다. 그리고 하얀색 천 가장자리에 손을 대고.

"그림이야."

"그림……."

"벌써 잊어버렸어? 어제 이야기했는데."

"잊지 않았어. 사키의 취미는 그림을 그리는 거지?"

"……응."

"보고 싶네."

"어?"

"사키의 그림을 보고 싶어."

또렷이 그렇게 말하자 그녀의 뺨이 약간이지만 빨갛게 물든 느낌이 들었다.

커다란 창문 밖에 밤의 검은색이 달라붙어 있다. 그녀가 창가에 서자 그 검은색이 그녀의 윤곽을 부각시켰다.

"보여 줄 정도의 그림은 아니야."

"……싫다면 괜찮지만."

"싫거나 그런 건 아닌데."

으음~ 하고 망설인 뒤 그녀는 말했다.

"알았어. 봐도 돼. 하지만, 어설프다구?"

그녀는 마지막까지 충고하는 것처럼 그렇게 말하고는 하얀 천을 거뒀다.

공간에 색이 생겼다.

거기에는 샘이 그려져 있었다.

완만한 물의 흐름이 진짜 같다.

샘 위에는 밤하늘이 펼쳐져 있고, 중앙에 커다란 푸른 보름달이 있다. 보름달 옆에는 무수한 별이 반짝이고 있다. 잘 보니 수면에도 푸른 보름달의 그림자가 그려져 있었다.

샘 옆에서는 작은 여자애가 혼자 가만히 서서 밤하늘에 뜬 보름달을 올려다보고 있다.

그 세계는 놀랄 정도로 파랬다.

그리고 아름다웠다.

나는 그 세계와 그림 속에 있는 작은 소녀를 알고 있는 느낌이 들었다.

나는 일어나서 그림에 가까이 다가가서는,

"이 애, 사키야?"

"……응. 잘 알았네."

그녀가 조용히 양쪽 입꼬리를 올렸다.

"사람 그리는구나?"

'그리는 건 풍경화려나. 사람은 안 그려. 안 그린다기보다 못 그리는 걸지도. 기술이 부족해.'

어젯밤 그렇게 알려준 그녀의 말을 나는 기억하고 있었다.

"……응. 지금까지 나 자신도 다른 사람도 그린 적이 없었지만 말이야. 어제 케이이치 군과 헤어지고 나서 그려 볼까, 하는 생각에 처음으로 그렸어."

"그러면 이 그림은 어제 그렸다는 거야?"

"응. 어젯밤부터 오늘 아침까지, 계속 그리고 있었어."

엄청난 집중력이다.

빨려 들어가는 듯한 투명감이 있는 이 그림은 사키의 힘이 담겨 있는 것이라고 느꼈다.

언제였던가, 어디선가 들은 적이 있다.

작품은 목숨을 깎아서 만드는 것이라고.

그 결과 영혼이 거기에 새겨져 사람을 매료할 수가 있게 된다고.

분명, 사키는 지금의 자신이 지닌 감정 전부를 이 그림에 담은 것이리라.

언제까지나 보고 있고 싶어지는 그림이었다.

내가 모르는 세계를. 내가 모르는 색으로 아련하게 덧없이 표현하고 있다.

샘 앞에 서 있는 그녀는 고등학생인 사키보다도 훨씬 어리다.

사키는 어릴 적부터 그 장소에 있었던 걸까?

줄곧 혼자서.

"케이이치 군, 너무 오래 봐."

그녀가 쑥스러운 듯이 웃었다.

"이제 그만 봐. 어설프고 부끄러우니까."

그렇게 말하고 천을 다시 덮어씌우려 한 가느다란 손을 나는 반사적으로 잡았다.

"어?"

"아직 좀 더 보고 싶어."

"……."

"안될까?"

안 된다면 포기할 것이다. 사키가 싫어하는 일은 하고 싶지 않다.

하지만 나는 꼭 이 그림을 더 보고 싶었다.

소중한 것을 발견한 듯한 훨씬 전부터 알고 있었던 풍경인 듯한 신기한 기분이었다.

나는 더욱 선명하고 진하게 이 그림을 뇌리에 남겨 두고 싶다.

"……알았어. 하지만, 나는…… 목이 마르…… 려나."

그녀는 띄엄띄엄 그렇게 말하고는 내게서 떨어져 작은 테이블 앞에 앉았다. 조금 전에 가지고 온 페트병 뚜껑을 열고 마시기 시작했다. 나는 고개를 숙인 채 조금씩 차를 마시는 그녀를 보다가 다시 그림으로 시선을 되돌렸다.

나는 곧바로 그 그림에 빨려들었다.

그녀의 그림은 사람의 마음을 움직인다. 영혼으로 그려진 작품은 보는 사람의 영혼마저도 움직인다.

항상 어딘가 냉담하다는 말을 들어 왔던 내 마음이 지금은 이렇게나 뜨겁다.

그건 사키가 이 그림을 그렸기 때문일까? 아니면 이 그림 자체가 지닌 힘일까?

그런 생각을 하다가 알아차렸다.

분명 나는 이 그림을 그린 것이 사키임을 몰랐더라도 매료되었으리라.

만약 손에 넣을 수 있다면 쭉 내 손이 닿는 곳에 놓아두고 싶다.

그리고 그 섬세한 색의 사용에 치유되면서도 그림 속에 있는 슬픔에 공감하는 것이다.

"자……."

작은 목소리가 들려와서 그쪽을 봤다.

사키가 테이블 위에 놓아뒀던 내 몫의 페트병을 들고 와서 나를 향해 손을 뻗고 있었다.

"케이이치 군. 마시는 편이 좋아. 산길 꽤 힘들었지?"

목의 갈증마저 잊을 정도로 그녀의 그림에 집중하고 있었다.

"고마워."

나는 그걸 받아 들고 뚜껑을 열어 목을 축였다.

생각했던 것 이상으로 목이 말라 있었던 모양이라 꿀꺽꿀꺽 소리를 내며 마시자 그녀가 웃으면서 말했다.

"한 번에 반이나 마시는 사람 처음 봤어."

"이제 됐어?"

그 후, 속삭이는 듯한 목소리가 들렸다.

사키가 하얀 천을 들고 있다. 이제 그만 보라는 의미이리라.

"아아. 고마워."

내 대답에 그녀는 안심한 것처럼 미소 지은 뒤 그림에 천을 덮어씌웠다.

또, 색이 없는 밤이 돌아왔다.

우리는 작은 테이블 앞에 앉아 이야기를 나누고 있었다.

사키는 기숙사에서 같은 방을 쓰는 친구 이야기, 의지하고 있는 시설 선생님 이야기 등 여러 이야기를 들려주었다.

그녀는 때때로 말수가 많았다. 평소에는 소극적인데 열중하게 되면 이야기가 멈추지 않게 된다.

그런 그녀의 이야기를 듣고 있는 시간은 무척 즐거웠다.

"케이이치 군, 남의 이야기를 잘 들어주네."

별안간 사키가 말했다.

"그러려나?"

"그렇다고 생각해. 평소의 나는 그쪽인걸. 말하기보다 듣는 쪽."

"그렇구나."

그런 말을 들으니 그런 듯한 느낌이 든다. 사키는 미소를 띤 채 친구가 하는 이야기를 듣고 있을 것 같다.

"하지만 이따금 잔뜩 말하고 싶어져."

"그게 지금이야?"

"그럴지도. 귀찮지 않았어?"

"전혀."

나는 그렇게 말했다. 그녀의 목소리를, 이야기를 귀찮다고 생각한 적은 없다.

"케이이치 군은 말이야, 그럴 때 없어? 자기가 생각하는 자기와는 전혀 반대되는 일을 하고 싶어질 때."

“……있는 것, 같아.”

한 박자 뜸을 두고 나온 대답에 나 자신이 놀라고 있었다.

가슴 안쪽에서 솔직한 말이 나온다.

“기대받고 있다는 걸 아니까. 때때로 그걸 부서뜨리고 싶어지지만…… 그러지는 못하려나.”

밤이 나를 솔직하게 만들고 있는 것일까, 아니면 사키가 나를 솔직하게 만들고 있는 것일까.

가슴에 얽혀 있던 감정이 스르르 넘쳐 나온다.

뇌리에 떠오른 것은,

‘오빠이고 남을 잘 돌봐주는 나’, ‘이해가 빠른 나’, ‘축구부 차기 주장이 결정된 나’.

이따금 여러 기대에 짓눌릴 것 같을 때가 있다.

하지만 나는 그걸 드러내 보이지 않도록 한결같이 숨기며 살아왔다. 냉정하게, 감정을 억누르는 것처럼.

하지만 어째서 사키한테 간파당한 것일까?

“왜 그런 걸 물어본 거야?”

나는 살며시 물었다.

“내 이야기만 들어주고 있으니까. 케이이치 군의 이야기도 듣고 싶다고 생각해서.”

“그렇구나.”

마음속으로 품은 감정은 잔뜩 있다.

하지만 그건 누구나가 품고 있는 것이리라. 일부러 소리 내어 말할 정도의 것도 아니다.

나는 혼자서 극복해 갈 수 있다.

그때, 부드러운 감각이 내 머리카락 위에 올라왔다.

무언가가 머리카락에 닿고 있었다. 의아하게 여겨 시선을 드니 그녀의 작은 손바닥이 내 머리를 만지고 있는 것을 알 수 있었다.

작은 손바닥은 내 머리를 쓰다듬는 것처럼 왔다가 갔다가 했다. 나는 내 머리를 쓰다듬는 그녀의 손바닥을 느끼며 물었다.

"뭐 하는 거야?"

"음~ 착하다, 착하다, 하는 거야."

"뭐야, 그게."

"누나라서 그런 걸까나."

"동갑이잖아."

"그랬었죠."

기억에 있는 대화를 다시 주고받고는.

나는 웃은 뒤 살며시 눈을 감았다.

어릴 적의 기억이 되살아난다.

'케이이치는 이제 1학년이니까, 오빠니까 잘 기다릴 수 있지? 엄마는 일이 바빠서 집에 못 들어오니까 아동관에서 돌아오면 열쇠로 문 열고, 불 켜고, 집에서 기다리렴. 아카네가 울면 과자 챙겨주고. 오빠니까 할 수 있지?'

어머니의 기대에 부응하고 싶은 내 대답은 언제나 예스였다. 노라고 말하고 싶지만 그럴 수 없었다.

내 안에 잠든 작은 트라우마.

아니, 트라우마라고 할 정도의 것도 아닌가.

의지 받는 게 기뻤던 것도 분명했으니까. 그렇다고 하더라도 때때로 SOS를 보내고 싶었던 적도 있었다. 그건 누구한테도 말하지 않았지만.

그런 나를 '착한 아이구나. 마음 착한 아이야.'라며 칭찬해 주는 건 할머니뿐이었지.

머리를 쓰다듬어 준 할머니의 주름 진 손바닥을 떠올리고 있었다.

사키가 내 머리를 쓰다듬어 주는 방식은 할머니의 그것과 매우 비슷했다. 살짝 닿기만 한 상태로 부드럽게 쓰다듬는 그 손길에 내 마음이 풀려 갔다.

감은 눈꺼풀 너머로 빛이 하나 사라진 것을 알 수 있었다.

눈을 뜨니 바로 근처에 사키가 있었다.

그녀가 "앗."하고 소리를 내며 황급히 손을 거둬들였다.

얼굴이 빨개질 정도로 부끄럽다면 처음부터 안 하면 될 텐데.

그렇게 생각하는 내 얼굴도 분명 빨갈 거라고 생각했지만.

그래도 나는 감사하고 있다. 사키 덕분에 마음속이 개운해져 있었다.

"사키…… 고마워."

"나라도 괜찮다면 언제든 들어줄게."

"누나니까?"

"그렇다구."

"그러니까, 어떻게 봐도 누나로는 안 보인대도."

어색한 분위기를 웃고 넘길 농담으로 바꿔 준 사키한테 감사하면서 나는 빛이 사라진 쪽을 확인했다.

커다란 창밖으로 보였던 집 같은 기숙사의 불이 전부 꺼져 있었다.

바깥은 암흑이다.

"어라?"

그렇게 목소리를 내자 사키가 말했다.

"고등학생 소등은 11시니까 꺼진 모양이야."

"11시?!"

나는 놀라서 시계를 봤다.

우와. 전혀 눈치채지 못하고 있었다. 벌써 11시다.

언제부터 머리를 쓰다듬는 손길에 취해 있었던 거지.

나는 자신의 행동에 어깨를 풀썩 떨구고는 곧바로 "가볼게."라고 말한 뒤 일어섰다.

"응."

사키도 일어섰다.

사키가 내 옆을 걸었다. 신발함에서 신발을 꺼내 갈아신자, 그녀가 나를 봤다.

새삼 나란히 서 보니 그녀의 키는 그렇게까지 크지 않았다. 사키는 나를 올려다보는 듯한 모양새로 말했다.

"케이이치 군, 오늘은 고마워."

"나야말로."

"나 말이야, 오늘 처음으로 여기에 친구를 데리고 온 거야."

──친구.

바늘 같은 것이 따끔하게 내 가슴을 찔렀다.

"즐거웠어."

"응. 나도."

사키와 보낸 시간은 눈 깜짝할 사이였지만 무척 알찼다. 그녀 옆은 무척 기분이 편안했다.

"……응."

"그럼, 안녕."

그렇게 말하고 현관을 나오려 했더니, 손에 회중전등을 든 그녀가 뒤에서 따라왔다.

"왜?"

나는 뒤돌아서 물었다.

"바래다주려고."

"설마. 아무리 그래도 여자애한테 배웅받는 취미는 없어."

"분명 숲에서 헤맬 거라니까."

"어떻게든 될 거야."

"안 돼."

"사키."

"아, 그렇지. 나 우산을 가지러 가야 하는구나!"

국어책 읽기잖아.

마지막 사키의 연기가 너무 어설퍼서 나는 웃을 수밖에 없었다.

사키는 분명 우등생일 것이다. 곤란해하는 사람을 내버려 둘 수 없는 타입이라고 생각한다. 그리고 나는 학급위원 같은 사키한테 '손이 많이 가는 아이'라고 인정을 받고 만 모양이다.

난처하게 됐네. 설마 여자애가 바래다주는 상황이 되다니.

"정말로 괜찮다니까. 소등 시간이잖아?"

불이 꺼진 집 같은 기숙사를 보며 내가 말했다.

이제 이 근처를 비추는 불빛은 없었다. 불빛이 없어지면 이 세계는 푸르게 빛난다.

빛을 주는 건 사키가 들고 있는 회중전등과 머리 위에서 빛나는 블루문뿐이었다.

"괜찮아. 난 신뢰받고 있으니까."

"신뢰라니?"

"사사키 쨩한테 말이야. 아, 사사키 쨩은 내 담당 선생님인데 말이야, 아침까지 집중해서 그림을 그리고 싶으니까 가능하면 보러 오지 말라고 말해 둬서."

"응."

"그러니까, 소등 시간을 지나도 이쪽에는 아무도 보러 오지 않으니까 괜찮은 겁니다."

그녀는 자신만만하게 흐흥, 하고 콧소리를 냈다.

"대단하잖아."

나는 어린애 같은 사키를 놀리듯이 그렇게 말했는데도.

"그치?"

그녀는 자신만만했다. 나는 무심코 웃고 말았다.

"그러니까 샘까지 바래다줄게. 내 멋대로 데리고 온 거니까 이 정도는 하게 해줘. 그러지 않으면 걱정되어서 잘 수가 없어."

자도록 해.

그렇게 생각했지만, 내가 억지로 혼자서 돌아가면 그녀는 몰래 따라올 것 같다.

"그럼 샘까지."

"응."

내 마지막 요청에 사키가 답해 주었다.

사키와 샘까지 걷고 있다.

야경이 보이는 장소를 들르지 않았던 탓인지 거리로 치면 제법 가까운 듯하다.

지금은 샘 근처의 낯익은 경치 안에 있었다.

걸으면서 정말로 그녀와 여기까지 온 것이 잘한 걸까, 하고 걱정하고 있었던 것도 사실이다.

우산 같은 건 내일이라도 괜찮잖아?

그렇게 말하면 좋았을걸, 하고 후회도 했다.

하지만 옆을 걷는 사키는 만족한 것처럼 보인다.

"사키, 고마워."

나는 시원한 바람을 느끼며, 기분 좋은 듯이 걷는 그녀에게 고맙다고 말했다.

"왜 그래? 갑자기."

"아니, 혼자서는 역시 길을 몰랐겠구나 싶어서."

여러 감정이 지나갔지만 사키가 베풀어 준 호의를 솔직하게 받아들이자고 생각했다.

그녀의 즐거워 보이는 옆모습이 내게 그런 생각을 하게 만든 것이다.

샘까지 가는 길은 어둡고 험했으니까 분명 나 혼자서라면 샘까지 도착할 수 없었을 것이다. 사키가 따라와 줘서 다행이다.

우리는 샘으로 돌아왔다.

그 장소는 무척 조용했다.

이따금 들려오는 건 지나가는 바람이 나뭇잎을 흔드는 소리뿐. 여름의 산에서 들었던 매미 울음소리는 이곳에는 더 이상 닿지 않는다.

샘에는 푸르스름한 보름달의 그림자가 있다. 여름밤의 풍경을 수면에 비추고 있다.

살며시 밤하늘을 올려다보니 샘 바로 위에 달이 있었다.

사키가 그린 그림 속에 있었던 달과 마찬가지로 푸르고 커다란 보름달이었다.

"……갔다 올게."

밤하늘을 올려다보는 내 행동을 방해하지 않도록…… 같은 느낌으로 그녀가 내 옆에서 멀어졌다. 그녀는 샘 옆의 우산을 둔 곳으로 걸어갔다.

신경을 쓰게 해버렸네.

나는 작아져 가는 그녀의 뒷모습을 바라보고 있었다.

그녀를 보고 있으려니…….

어째서일까. 가슴 안쪽이 아파진다.

만난 지 얼마 되지 않았는데도…… 나는 어떻게 된 걸까?

그녀는 우산을 주워 내가 있는 곳으로 돌아왔다.

"기다렸지."

그녀가 돌아오자 부드러운 감각이 내 마음을 사로잡았다.

그건 다른 사람한테서는 느낀 적이 없는 어디에도 없는 감각이다.

"어서 와."

그런가. 역시 그녀의 곁은 마음이 편안해진다.

그건 동갑이니까? 그게 아니면, 이야기가 잘 통하니까?

"돌아갈까."

……어라?

문득 위화감이 지나갔다.

나는 내 마음속에 싹튼 감정에 당황하여 현재 상황을 분명히 파악하지 못하고 있었던 모양이다.

'돌아갈까.'

그렇게 말한 그녀의 목소리에는 활기가 없고 갈색 눈동자가 슬프게 흔들리고 있다는 걸 나는 그제야 겨우 알아차렸다.

"무슨 일 있어?"

샘에서 돌아온 사키는 기운이 없었다.

"으응, 아니야."

그녀는 그렇게 말하고 입꼬리를 올려 미소 지으며 고개를 가로저었다. 그건 억지로 지어낸 미소였다.

그녀의 모습은 윤곽만이 움직이고 있는 것으로밖에 보이지 않았다. 마음을 샘에 두고 왔다.

"사키?"

내가 느낀 감정은 기분 탓 같은 게 아니다.

그녀는 지금 무척 침울해져 있다. 표정을 보면 잘 알 수 있다.

나는 그녀에게 가까이 다가갔다.

'착하다, 착하다' 같은 건 나는 해줄 수 없지만.

'나라도 괜찮다면 무슨 이야기든 들어줄게' 그 마음은 나도 같았으니까.

"정말로…… 아무 일도 아니야."

그녀는 가늘게 덧없이 말했다.

강한 척하는 면도 나랑 같다. 우리는 서로 많이 닮았다.

지금까지와는 다른 낌새인 사키를 보고 나는 어떻게 하면 좋을지 고민했다.

그녀에게 건넬 말을 찾을 수가 없다…….

그때, 고개를 숙인 그녀의 손안에서 바스락하는 소리가 들렸다.

시선을 내리니 거기에는 하얀 종이가 있었다.

그건 사키가 이 샘에서 나오기 전에 뭔가를 써서 우산 밑에 끼워 뒀던 종이였다.

사키가 침울해진 원인은 이 종이 때문일까?

──!

그때 평소에는 발동하지 않는 나의 둔한 직감이 발동했다.

발동하지 않아도 좋았는데──.

'내가 여기에 오는 건…… 블루문이 끝날 때까지야.'

읽고 있던 이야기가 도중에 끝나 버린 것만 같은 쓸쓸해하는 듯한 그녀의 목소리를 잊을 수 없었다.

블루문이 뜨는 날에 그녀가 이 샘에 오는 이유는…….

우산 밑에 놓아둔 하얀 종이는…….

"그건."

그녀는 이 장소에서 누군가를 기다리고 있는 것일까?

'따분하다'라며 탄식하는 새롭게 친구가 된 나를 데리고 나가 준 몇 시간 동안은 그 하얀 종이가 사키 대신 그 사람을 기다리고 있었던 것일까?

"그건…… 편지?"

쥐어짜 낸 목소리는 자신의 목소리라고는 생각되지 않을 정도로 쉬어 있었다. 고개를 숙인 그녀의 호흡에 맞춰 작은 어깨가 희미하게 흔들렸다.

소곤거리는 것처럼 묻자 그녀는 살며시 고개를 들고 말했다.

"응…… 맞아."

가슴 안쪽이 아프다.

따끔따끔하는 소리를 내면서 마치 화상이라도 입은 것처럼.

그녀의 흔들리는 눈동자의 이유도, 쉰 목소리의 이유도, 샘에 있는 이유도 전부 내가 아니다. 그 사실을 분명하게 알아버려서.

나는 크게 숨을 들이쉬고는 내쉰 뒤 물었다.

"사키는…… 누굴 기다리고 있어?"

'누나라서 그런 걸까나.'

'나 ……히나타 기숙사생이야.'

'음~ 착하다, 착하다, 하는 거야.'

밝고 친해지기 쉬운 우등생인 그녀를 나는 좀 더 알고 싶었다.

마음이 편안해지는 그녀 곁에 나는 쭉 있고 싶어졌다——

내 안에 잠든 그 감정은 분명——

두 사람만의 여름밤에 조용한 침묵이 흐르고 있다.

사키는 작게 호흡하고 나서 나를 바라보고는.

"내가 기다리고 있는 사람은……."

그 답을 가르쳐 주었다.

"……첫사랑 상대야."

내 안에 잠든 그 감정은 분명—— 사랑이다.

나는 그녀를 사랑하고 있다.

제3장

마을은 잠든 모양이다.

숲을 나온 나는 닫힌 셔터만이 늘어선 거리를 걷고 있다. 머리 위에 오렌지색 가로등이 켜져 있음을 깨달은 건 한동안 걷고 나서였다.

몸과 마음이 별개가 된 듯한 감각이다. 내 다리는 할머니 집으로 향하고 있는데 내 마음은 숲속에서 멈춰 선 채다.

'내가 기다리고 있는 사람은…… 첫사랑 상대야.'

그녀의 목소리가 귀에 달라붙어 떨어지지 않았다.

그때의 나는 그녀의 고백에 당황해서 목소리를 내는 것을 잊고 있었다. 그런 우리 둘 사이에 무거운 분위기가 흐르고 있었지만 나는 그 사실도 알아차리지 못하고 있었고.

"미안해! 어째 분위기가 어두워졌네?!"

그걸 먼저 알아차리고 분위기를 바꾸려 해준 건 그녀였다.

그녀는 밝은 목소리를 냈다. 나를 곤란하게 만들지 않도록 미소를 지어 보여 주며 말을 계속했다.

"아앗! 케이이치 군한테도 전염되어 버렸어. 미안, 미안해!"

"……."

"케이이치 군, 어두워! 케이이치 군답지 않아! 돌아와!"

멍하니 허공을 보고 있는 내 얼굴 앞에서 작은 손이 위아래로 흔들리고 있다. 손을 붕붕 흔들고 있는 그녀에게 서서히 초점이 맞아 간다.

"아…… 미안."

겨우 의식이 목소리가 되어 나와 주었다.

그녀는 내 목소리가 나오지 않게 된 이유를 자기 탓이라고 오해하고 있다.

……그런 게 아닌데도.

나는 그녀의 오른손을 봤다. 거기에는 그녀가 남긴 편지가 있다.

자기가 써서 남겨 둔 편지가 그대로 남아 있다는 건 분명 그녀가 기다리고 있던 남자는 샘에 오지 않은 것이다. 지금 그녀는 나를 위해 태연한 척하고 있지만 사실은 매우 상처 입었을 터다.

아마 사키는 그 남자를 줄곧 기다리고 있는 것이다. 내가 샘에 왔을 때보다 훨씬 훨씬 전부터…….

혼자서 샘물가에 앉아 우산을 써서 별을 건지고 있던 그녀가 무척 즐거운 듯이, 행복한 듯이 보였던 건…… 분명 내가 모르는 그 남자를 기다리고 있었기 때문이다.

하아…… 하고 작게 한숨이 새어 나왔다.

시선을 내렸더니 그녀가 들고 있는 하얀 종이 가장자리에 늘어선 숫자가 보여 버렸다. 나는 흠칫 놀라 숨을 삼켰다.

숫자 사이에 붙임표가 두 개 들어가 있었다.

독특한 배열 방식은 틀림없이 전화번호다.

숫자 첫머리는 휴대폰 번호가 아니었다. 늘어선 숫자는 할머니 마을의 시외 국번과 같았다. 종이에 적힌 번호는 그녀가 사는 기숙사 전화번호일 것이다.

그녀는 새롭게 친구가 된 나와 놀고 있는 사이에도 그 사람한테서 오는 연락을 기다리고 있었다는 것이 된다.

——쿡쿡 쑤시듯이 가슴이 아팠다.

"케이이치 군 괜찮아?"

그녀가 들여다보는 것처럼 나를 봤다. 시야가 그녀의 얼굴로 가득해진다.

큰 갈색 눈동자가 고양이처럼 귀엽다는 생각이 들어 억지로 지어낸 미소가 자조적으로 변했다.

"괜찮아. 조금 멍하게 있었어."

"그렇다면 괜찮지만…… 미안해."

"사키가 사과할 일은 아무것도 없어."

"……응."

"슬슬 돌아갈까. 이 이상 늦어지는 건 좋지 않아."

"응."

그렇게 말하고 우리는 헤어졌다.

그녀는 산 위까지 올라가더니 "잘 가."하고 손을 흔들었다. 나는 샘 옆에서 한쪽 손을 들어 "잘 가."하고 말했다. 나는 그녀의 모습이 숲속으로 완전히 사라지는 걸 기다리고 나서 숲에서 나왔다.

마을은 잠들어 있었다.

"다녀왔습니다."

미닫이식 문을 열자 띠링, 하고 방울이 울렸다.

나는 할머니 집으로 돌아왔다. 오늘도 할머니 집은 조용했다. 날짜가 바뀌려 하는 늦은 시간이니까 다들 이미 잠든 것이리라.

나는 발소리를 내지 않도록 툇마루를 걸어 어제와 같은 장소에 앉았다.

여름 바람이 불어와 내 살결을 어루만졌다. 도쿄의 밤바람보다 미지근하게 느껴지는 바람이지만 공기가 맑기 때문인지 기분이 좋다.

먼 곳에서는 여울물이 졸졸 흐르는 소리가 끊임없이 들려왔다. 상류에서 하류로 천천히 흐르고 있는 듯하다.

나는 툇마루에 앉아 밤하늘을 올려다봤다.

커다란 푸른 보름달이 군청색 하늘에 달라붙어 있다. 달에는 하얀 구름이 엷게 걸려 있었다.

아름답네…….

그러고 보니 어제도 이렇게 달을 올려다보고 있었던가…….

이 장소에서 사키를 떠올리고 있었지…….

멍하게 그런 생각을 하고 있자 구름이 움직여 달이 얼굴을 드러냈다.

푸르고 커다란 보름달이 그 존재감을 여봐란듯이 보여준다.

그리고 그 푸른 달빛은 뜻밖의 밝기로 비쳐 들어왔다.

눈부실 정도의 밝기를 지닌 푸른 빛은 내가 있는 곳까지 똑바로 뻗어 왔다.

"앗." 하고 목소리가 새어 나왔고, 푸른 빛은 벌린 입을 통해 내 몸 안으로 들어와 몸의 중심에까지 닿았다. 중심에 다다른 푸른 빛의 구체는 팡, 하고 소리를 내며 산산이 흩어지더니 온몸으로 퍼져 나갔다.

내 모든 것을 들여다보는 것처럼 몸 안에서 푸르고 부드럽게 빛났다.

푸른 빛이 날 비추고 들여다보아 또렷하게 드러나고 말았다.

내 마음은── 한탄하고 있었다.

현재 상황을 받아들이지 못하고 괴로워하고 있었다.

오늘 나는 내 안에 잠든 마음이 사키를 향한 연심임을 깨달았다.

그건 흔들리지 않는 사실이다. 실제로 지금도 사키를 생각하면 가슴 안쪽이 뜨거워진다.

그것과 동시에 사키한테 좋아하는 사람이 있다는 것도 알아 버렸다.

그녀는 나와 만나기 전부터 그 남자와 만나 사랑을 하고 지금도 아직 그 샘에서 그 남자를 기다리고 있다.

나는 고백하기 전부터 실연당한 것이다.

그래도 나는 그녀를 좋아한다――

하지만 그녀는――

복잡하게 얽히는 것처럼 돌아가는 괴로운 감정에 혼란스러워하고 있자 등 뒤에서 목소리가 들렸다.

"어서 오거라, 케이이치."

"할머니."

뒤돌아보니 할머니가 있었다.

오늘도 할머니가 툇마루에…… 내 옆에…… 와 주었다. 할머니가 지닌 온화한 분위기에 닿은 것만으로도 나는 조금 안심했다.

푸른 빛 때문에 뿔뿔이 흩어졌던 내 마음이 하나로 되돌아

간다. 마음을 꾹 하고 하나로 만든 뒤 나는 물었다.

"할머니, 안 자요?"

일찍 주무시고 일찍 일어나는 할머니가 이런 시간에 깨어 계시다니 드문 일이다. 게다가 이틀 연속이다. 어제에 이어 툇마루에 오다니.

내가 혼잣말이라도 하고 있었나? 시끄러웠으려나…….

"오늘 밤에도 케이이치가 놀러 올 것 같은 느낌이 들어서 말이다. 기다리고 있었지."

할머니는 소중한 것을 바라보는 듯한 부드러운 눈을 하고 계셨다.

오늘 밤?

마치 밤에만 놀러 오는 듯한 할머니의 말투에 위화감을 느꼈다.

"할머니, 나 아침부터 계속 있었잖아. 고로케랑 두부도 사 왔는데? 먹었잖아? 같이."

"그랬으려나아."

'밥 먹자~'

어머니의 목소리를 듣고 방에서 나왔다.

툇마루를 지나는데 연한 붉은색의 저녁노을 구름이 서쪽 하늘에서 펼쳐져 있는 게 보였다.

지붕도 유리문도 전부 붉은색으로 물들어 있다. 나는 붉은색으로 물든 화단을 보며 거실로 향했다.

성미가 급한 할머니 집에서는 저녁 식사는 초저녁에 먹는다.

식탁 중앙에 놓인 커다란 접시에는 '나카무라야'의 고로케가 늘어서 있다. 오늘의 메인 메뉴다. 할머니와 아버지와 어머니와 나와 아카네, 다섯 명이 먹었다. 약간 작은 고로케 30개 정도는 눈 깜짝할 사이에 없어질 것 같아서,

'오빠, 너무 많이 먹잖아!'

'바보야. 내가 사 온 거니까 괜찮다고. 아카네, 적당히 먹어. 살찐다.'

'너무해~ 할머니, 오빠가 이런 말을 해. 여동생을 괴롭히면서 기뻐하다니 진짜 못됐지~'

'너 진짜!'

'뭐!'

'자, 자. 싸우지들 말그라. 아카네한테는 할미 고로케를 줄 테니까.'

'아앗! 됐어! 이 고로케는 할머니 주려고 사 온 거니까. ……자, 아카네.'

남은 고로케를 휙, 하고 아카네의 접시에 던졌다. 아카네는 재빨리 그걸 먹었다.

우리 둘의 대화를 보고 있던 할머니가 내 대각선 앞에 앉은 아카네 옆자리에서 미소 지었다.

'왜 그래? 할머니.'

나는 그렇게 물었다.

'역시 케이이치는 오빠구나. 몇 살이 되어도 여동생을 생각해 주는 착한 아이야.'

할머니는 그렇게 말하고는 눈을 가늘게 뜨고 온화하게 미소 지었다.

'아냐, 할머니! 나 언제나 괴롭힘당하고 있는걸!'

'너 정말로!'

그런 대화가 있었던 게 고작 몇 시간 전의 일이다.

그런데도 할머니는 잊어버리고 말았다. 저녁으로 고로케를 먹었던 것도, 아카네와 나와 할머니 세 사람이 주고받았던 대화도.

할머니의 치매는 밤이 되면 진행되는 것일까? 아침이나 낮에는 정신이 또렷한데.

달밤에 보는 할머니의 모습은 여느 때보다도 조금이지만 젊게 비치기도 했다. 다리와 허리도 아침보다 쭉 뻗은 듯한 느낌이 드는데…….

뭐, 됐다.

나는 그에 관해 깊이 생각하는 건 그만뒀다.

기억이 없어졌어도, 없어지지 않았어도 할머니는 할머니다.

"케이이치는 잠들지 못하는 게냐?"

왜냐면 이렇게 오늘도 나를 걱정해 준다. 할머니의 따뜻함은 여느 때와 다를 게 없다.

"응. 조금만 더 바람을 쐬고 싶은 기분이려나."

"그럴 때도 있지. 할미도 같이 있어도 괜찮겠느냐?"

"물론이야."

그렇게 말하자 할머니는 내 옆에 앉았다. 그리고 천천히 밤하늘을 올려다보고,

"오늘도 푸르구나."

라고 말했다.

할머니의 눈동자에 푸른 보름달이 비치고 있다. 화단에 핀 꽃도, 물뿌리개도, 은색 수돗가도 전부 남색으로 물들어 있다. 어라, 물뿌리개……?

밤하늘을 올려다보니 눈 부신 빛을 발하고 있던 달은 이미 이곳에는 없었고 희미한 달빛이 내려올 뿐이었다.

"오늘이 이틀째니까 앞으로 이틀 남았구나……."

내가 정원을 보고 있자 할머니가 보름달을 보며 말했다.

나는 의아하게 여겨 되물었다.

"이틀이라니?"

"블루문 말이여. 아아. 그러고 보니 이 이야기는 하지 않았구나."

무슨 이야기일까? 그렇게 생각하여 고개를 갸웃하며 말없

이 할머니의 얼굴을 봤더니, "블루문은 말이야……."하고 할머니가 이야기하기 시작했다.

"응."

나는 맞장구를 치며 할머니의 이야기에 귀를 기울였다.

"블루문은 한 달에 두 번 나타나는 보름달을 말하는 거라는 이야기는 했었지?"

"응."

"달은 조금씩 차서 보름달이 되고 이지러져 가지 않으냐. 그러니까 블루문의 힘이 깃든 보름달이라는 건 대조기에 보름달이 뜨는 나흘간을 말하는 거란다."

"나흘간……?"

"그래. 닷새째 되는 날에 뜨는 달은 이지러지기 시작해서 보름달로는 보이지 않아. 그건 이미 블루문과는 다르지."

닷새 뒤에는 블루문이 평범한 달로 돌아가 버리는구나.

"몇 년에 한 번밖에 나타나지 않는 블루문이니까 똑바로 봐 두지 않으면 안 되겠어."

할머니는 혼잣말처럼 중얼거렸다.

"응……."

블루문의 수명은 나흘간.

첫 번째 달의 나흘이 지나고 그다음에 뜨는 블루문의 마지막 나흘이 지나면 그달의 블루문은 끝을 고한다. 그런 특별한 보름달이 뜨는 밤은 다시 몇 년이 지나야 나타날까…….

푸른 달빛은 모든 것을 환상적으로 비추고 있었다.

내 눈에 비치는 것이 별안간 사라져서 없어질 것만 같을 정도로 모든 것을 푸르게 덧없이 비추고 있다.

분명 이 여름의 추억은 내게는 특별한 것이 된다. 그런 예감을 품으며 나는 밤하늘을 올려다봤다.

한동안 밤하늘을 올려다보고 있었더니 보름달 안에서 사랑스러운 미소가 보인 듯한 느낌이 들었다.

눈꼬리가 처진 고양이 같은 눈동자와 쭉 올라간 입꼬리.

그건── 사키의 미소였다.

달과 별을 보며 내가 떠올리는 사람은 사키다. 나는 어느샌가 그녀가 했던 말까지 떠올리고 있었다.

'이따금 잔뜩 말하고 싶어져.'

그렇게 말한 사키의 마음이 지금의 나는 잘 이해된다.

그건 지금의 나도 같은 마음이기 때문이다. 모든 것을 받아들이고 용서해 주는 할머니가 곁에 있어 주니까 나는 평소라면 하지 않을 말까지 이야기하고 싶어졌다.

"할머니 저기 말이야……."

"음?"

"……히나타 기숙사라는 거 알아?"

"히나타 기숙사?"

할머니는 조금 생각한 뒤 문득 떠올랐다는 듯이 말했다.

"아아. 산 위에 있는…… 시설 말하는 게냐?"

"맞아."

나는 그렇게 말했다.

조금 전까지 우리는 히나타 기숙사에서 즐거운 시간을 보내고 있었다.

둘이 그림을 보고, 차를 마시고, 대화를 나누고, 그리고 그녀가 내 머리를 쓰다듬어 주고——

거기까지 생각했더니 뺨이 확 뜨거워져 버렸다. 나는 빨개졌을 뺨을 할머니한테 보이지 않도록 고개를 돌리면서 말했다.

"어제 거기 사는 애랑 친구가 됐어."

"그러냐."

"그래서 오늘도 만나고 왔어."

"그려."

그녀가 내 머리를 쓰다듬어 준 감각이 되살아난다. 부드럽고 따뜻한 손길이었지.

내 이름을 부르는 맑은 목소리와 긴 속눈썹 안쪽에 있는 커다란 눈동자를 떠올리고 있었다.

아무런 선입견도 품지 않고 겸허하게 사물을 보는 사키의 눈동자는 반짝반짝해서 아름다웠다. 눈동자 그 자체가 그녀의 마음처럼 보이기도 했다.

"예쁜 애야. 외모도 예쁘지만 그것뿐만이 아니라…… 뭐라고 할지 마음이 예쁘다고 해야 하나……."

솔직한 마음을 말로 표현하니 간지러운 대사가 되고 말았다.

하지만 할머니가 기쁜 듯이 미소 지어 주었기에 나는 안심했다.

그리고 ……깨달았다.

그렇다……. 그녀는 전부가 예쁜 것이다.

그래서 나는 그녀를 사랑하게 된 것이다.

어제는 그녀의 외모를 보고 첫눈에 반했고. 오늘은 그녀의 마음을 사랑하게 됐다.

어제의 나도, 오늘의 나도 그리고 앞으로의 나도 쭉 그녀를 사랑할 것이다.

줄곧 그녀 곁에 있을 수 있다면. 그렇게 바라고 있다.

하지만 그녀에게는――

재차 휘감겨 드는 것 같기도 하고 숨이 막히는 것 같기도 한, 맛본 적 없는 감정이 마음속 깊은 곳에서 솟구쳐 올라왔다. 다른 사람을 좋아하게 되는 것에 익숙하지 않은 나한테는 너무 어려운 감정이어서 어떻게 처리해야 좋을지 알 수 없다.

그녀에게는―― 좋아하는 사람이 있다.

가슴이 아프다. ……괴롭다.

"좋은 애랑 친구가 되었구나."

"……응. 나도 그렇게 생각해."

"내일도 놀러 가는 게냐?"

"그럴 생각이야."

"그러냐. 그럼 다음에 할미 집에도 데리고 오려무나."

"정말로? 그래도 돼?!"

아카네와 어머니한테 놀림당하고 싶지 않으니까 데리고 오는 건 분명 무리일 것이다. 하지만 나는 할머니의 말이 매우 기뻤다.

집에 있는 사람이 할머니뿐이라면 데리고 오고 싶었다. 할머니한테 사키를 소개하고 싶어. 그런 생각이 들 정도로 기뻤다.

"물론. 케이이치의 소중한 사람이지 않으냐?"

"……응."

조금 전까지 느끼고 있었던 얽혀드는 듯한 답답한 감정이 녹아 갔다. 할머니의 따뜻한 말이 녹여 주고 있었다.

"할머니 고마워."

"친구가 올 때는 할미가 손수 만든 고로케를 대접해 주마."

"기대하고 있을게."

——'소중한 사람'.

할머니는 사키를 친구도 아니고 연인도 아닌 '소중한 사람'이라고 말했다. 할머니가 알려준 그 말은 사키를 향한 내 마음에 딱 들어맞는다고 생각했다.

내게 사키는 '소중한 사람'이다.

사키가 누구를 좋아하고 있어도 그 사실은 변하지 않는다.

그러니까 지금은 사키를 소중히 여기는 자신의 마음을 잘 간직하자고 생각했다.

사키…… 그녀를 떠올렸다.

'누나라서 그런 걸까나.'

가벼운 농담을 하는 것처럼 그렇게 말한 사랑스러운 미소가 떠올랐다.

☽☽●

갑자기 머리맡에서 알람 시계가 울렸다.

나는 이불 속에서 팔을 뻗어 알람 시계를 향해 손을 팡 짚었다. 소리가 멈췄다.

설정한 기억이 없는 알람을 멈춘 나는 찡그리며 무거운 눈꺼풀을 들어 올렸다.

아카네 짓이군, 이 녀석.

여름방학 정도는 자유롭게 자게 해줘. 나는 아침에 약하다고.

툇마루 쪽에 있는 커다란 투명 유리문에서 아침 햇살이 비쳐 들어온다. 오늘도 아침부터 햇살이 강했다.

눈부시다. 더 잘까…….

찌리리리리링──

——팡!

그렇게 생각한 순간, 두 번째 알람에 심장이 멎을 뻔해서 나는 황급히 손을 뻗었다.

젠장. 아카네 녀석.

"좋아. 일어났어."

몇 번인가 알람 시계와 싸워 최종적으로 이불 위에 앉은 채 멍하게 있었더니 목소리가 들려왔다. 목소리가 난 쪽으로 시선을 향하자 툇마루 쪽 유리문을 조금 열고 얼굴만 내민 아카네가 있었다.

"너 말이다. 멋대로 알람 시계 두지 말라고."

어젯밤은 알아차리지 못했다. 친절하게 머리맡에 놓여 있었는데도.

게다가 나는 연속해서 울리는 알람을 끄는 방법을 몰랐으니까 다시 잘 수도 없었다. 분명 이것도 여동생의 작전이겠지만.

"왜냐면 오빠 안 일어나잖아?!"

"시간이 되면 일어나."

"아니~ 절대로 안 일어나. 어제는 어쩌다 일찍 일어났지만 오늘부터 느긋하게 잘 생각이었지?"

정답이다.

"오빠, 어제 늦게까지 어디 갔었어?! 하고 싶은 말이 있다고 엄마가 말했다구? 낮에도 밤에도 놀러 가버리고 아침 정도는 다 같이 먹자고 말이야."

어제 낮에는 아카네를 돌봐주고 있었잖아? 라고 생각했지만 이 이상 이야기가 길어지는 건 싫기에 말하지 않았다.

"그래서 알람 시계?"

"맞아. 일어났으면 얼른 부엌으로 오라구!"

아카네는 탕, 하고 문을 닫고 툇마루를 잰걸음으로 뛰어갔다. 오래된 집이니까 쿵쿵 뛰지 말라고. 그렇게 생각하며 나도 겨우 이불에서 나왔다.

"어, 진짜야……?"

식탁에 앉자마자 어머니가 한 말에 나는 굳어버리고 말았다.

"케이이치는 어떻게 할래?"

"어떻게 하겠냐니."

어머니가 하고 싶은 말이라는 건 모레 도쿄에 돌아가게 되었다는 것이었다.

이번 여름은 교토에서 느긋하게 보낼 예정이었지만 갑작스럽게 어머니의 일이 맞추기 어려워졌다는 모양이다.

"우리는 먼저 돌아갈 건데 케이이치는 남고 싶으면 남아도 돼. 직성이 풀리면 혼자서 돌아와. 할 수 있지?"

"그건 할 수 있지만……."

혼자서 도쿄에 돌아가는 것 정도는 할 수 있다.

할머니 집에서 버스를 타고 교토역까지 간 뒤 JR 교토역 개찰구를 지나 신칸센 승강장까지 가서 도쿄행 신칸센에 탄다. 그뿐인 일이다.

거기서부터는 여느 때의 일상이 기다리고 있다.

"다 같이 돌아가는 게 베스트지만 말이야."

어머니는 이미 아침 식사를 끝내고 정원에서 꽃을 손질하는 중인 할머니의 작은 등을 보며 말했다.

"할머니는? 같이 안 돌아가셔?"

"할머니는 싫다고 하시네."

"……어째서?"

우리와는 같이 살고 싶지 않다?

그렇게 생각한 내 표정을 읽은 건지 어머니는 온화한 목소리로 말했다.

"이 마을에서 태어났으니까 쭉 이 마을에 있고 싶으시대. 친구도 바로 곁에 있고 친척 아주머니도 있으니까 걱정하지 않아도 괜찮다면서……."

어머니는 할머니를 바라보며 긴 한숨을 내쉬었다. 난처한 것 같기도 하고 쓸쓸한 것 같기도 한 눈으로 할머니를 보고 있다.

할머니는 어제 내가 설치한 호스를 손에 들고 꽃에 아치 형태로 물을 주고 있다.

물을 받은 꽃이 꽃잎을 미세하게 진동시키며 기뻐하고 있다. 맑게 갠 하늘에 아치 형태의 물줄기, 거기에 작게 무지개가 보였다.

할머니는 일곱 색깔의 경치 속에서 행복한 듯이 미소 짓고 있다.

어렵네…… 라는 생각이 들었다.

할머니의 마음도, 어머니의 마음도 이해가 되니까.

어떻게 해야만 하는 걸까…….

어린애 나름대로 생각해 봤지만 나로서는 알 수 없었다.

어머니가 힘들게 고민하는 표정을 짓지 않았으면 좋겠다고 생각하면서도, 할머니의 행복해 보이는 미소도 빼앗고 싶지 않다고 생각했다.

"케이이치는 어떻게 할지 생각해 두렴."

그 말만 하고 어머니는 식기를 정리하기 시작했다.

"……알았어."

그렇게 말한 뒤 나는 남은 아침을 먹기 시작했다.

부엌에서 덜그럭덜그럭, 하고 도기와 도기가 부딪치는 소리가 났다. 그 소리 뒤에 물을 흘려보내는 소리가 들렸다. 어머니는 아무 말도 하지 않았다.

평소 설거지를 할 때 어머니는 항상 나나 아카네의 근황을 묻는다.

'오늘은 어디 가니?', '요새 축구는 어때?', '숙제했어?', '여자친구는 생겼니?'

바쁜 엄마 나름대로 커뮤니케이션을 취하는 방식이라는 건 나도 잘 알고 있다. 하지만 매번 던지는 시시한 질문에 진지하게 대답할 생각은 들지 않아서 나는 그 질문을 가볍게 흘려 넘기고 식사를 했었다. 그게 내 일상이었다.

그래서 지금 어머니가 자아내고 있는 침묵이 슬픈 침묵으로 들리고 있었다.

"괜찮아. ……엄마."

살며시 어머니의 등에 대고 말을 건넸다.

"어?"

"밥 맛있었어! 고마워!"

재빨리 아침 식사를 끝낸 나는 뒤돌아본 어머니의 얼굴은 보지 않고 자리에서 일어나 툇마루로 뛰어갔다. 툇마루에 놓여 있는 검은 슬리퍼를 신고 할머니 옆에 서서 말했다.

"할머니, 물 주는 거 내가 대신할게!"

"괜찮으냐?"

"물론."

미안, 엄마.

해결 방법을 찾을 수 없을 때의 '괜찮아'라는 건 단순한 일시적인 위안일지도 모르지만 어쩐지 그렇게 말하고 싶었어.

맑게 갠 하늘에 조금 전보다도 커다란 물의 아치를 뿌리자 거기에도 일곱 색깔의 세계가 펼쳐졌다. 나도 할 수 있었다.

"케이이치, 보거라. 큰 무지개가 생겼구나."

"정말이네."

부엌에서 어머니가 이쪽을 보고 있다는 것도 알아차리지 못하고 나는 꽃에 물을 줬다.

새로운 하루가 오늘도 시작된다.

물을 다 주고 방으로 돌아왔다.

시골에 돌아오는 건 좋아하지만 딱히 아무것도 하는 일이 없는 시간이 많아 그게 힘들다고도 생각한다. 어머니한테 말했다간 공부하렴! 이라는 말을 들을 테니 일부러 말하지 않지만.

뭘 할까…….

방을 둘러보니 내 가방 안에 넣어 뒀던 스마트폰이 눈에 들어왔다. 그러고 보니 어제 아침부터 확인하지 않았다.

도쿄에 있었을 때의 나라면 상상할 수 없는 일이네. 그런 생각을 하며 스마트폰을 꺼내 화면을 확인해 봤다. 아이콘에 빨간 마크가 몇 개 붙어 있다. 녹색 라인 아이콘 오른쪽 위에도 작게 빨간 동그라미가 표시되어 있었다. 누군가한테서 메시지가 와 있다.

나는 라인을 탭하여 열었다.

거기에는 축구부 친구한테서 온 연락 사항과 반 친구한테서 온 놀러 가자는 말이 있었다.

그리고 마지막으로…… 엄청나게 신경 쓰이는 스탬프가 있다. 보낸 사람은 친구인 유우야다.

7대3 가르마에 안경을 쓴 남자가 책상에 팔꿈치를 대고 손깍지를 낀 채 미간을 찡그리며 이쪽을 보고 있다. 지금부터 설교를 시작하겠다고 말하는 듯한 스탬프였다.

뭐지, 이거…….

유우야를 화나게 했던가?

그 외의 메시지는 없고 스탬프 밑에는 부재중 착신 표시가 있다. 나는 쭈뼛쭈뼛 전화를 다시 걸었다.

전화 신호음이 몇 번인가 들린 뒤 "……네." 하는 여느 때보다도 낮은 목소리의 유우야가 전화를 받았다.

"유우야? 나 케이이치."

"아아, 뭔데."

"뭔데라니. 네가 어제 전화했잖아?"

역시 유우야의 기분이 안 좋다. 유우야가 나한테 이렇게나 화난 감정을 드러내는 건 드문 일이라 나는 조금 동요했다.

"어제는 전화가 온 줄 몰라서 말이야. 무슨 일인데?"

나는 그렇게 물어봤다. 유우야는 나른한 듯이 대답했다.

"어제 전화는…… 화풀이하려고. 이거 어떻게 할 거냐! 라고 말하려고 전화했었어."

"어?"

목 안쪽에서 목소리가 새어 나왔다.

"어제 사쿠라랑 싸웠다고. 네 일로."

"내, 내 일로?"

뭐? 어째서? 내가 뭔가 했던가? 전혀 기억이 없다.

"내가, 뭐 어쨌는데."

솔직하게 묻자 유우야가 땅을 기는 듯한 목소리로 말했다.

"너 어제 사쿠라가 소개해 준 여자 빵 차버렸잖냐?"

그, 그건…….

어제 사쿠라의 친구가 내게 호의를 가지고 있다는 걸 전화 너머로 들었다. 하지만 나는 만나기 전부터 거절하고 말았다.

사쿠라한테는 소중한 친구의 일인데도. 나는 자기 마음을 우선하여 쉽사리 전화를 끊은 것이다.

조금 더 말투를 생각했다면 좋았을지도 모르겠다. 곧바로 전화를 끊지 않았다면 좋았을지도 모르겠다. 그랬더라면 유우야와 사쿠라도 싸우지 않았을지도 모르는데…….

어쩐지 미안한 짓을 했네…….

나는 관자놀이 언저리를 긁적이면서 말했다.

"응. 그러네…… 미안했어."

"뭐 너는 언제나 그렇지. 고백받아도 바로 차고. 전혀 여자를 좋아하지 않잖냐."

"나는 신경 써주고 있는데……."라며 투덜투덜 불평하는 유우야한테 나는 말했다.

"어쩔 수 없잖아. ……마음이 가질 않으니까."

"그럼 누구라면 좋은 건데."

"……."

"어? 작아서 안 들려."

"아직 아무 말도 안 했어."

"말하라고."

"그러니까…… 좋아하는 사람이 생겼으니까 만날 생각이 들지 않았던 거야."

"어엉?"

어제 사쿠라한테는 '신경 쓰이는 사람이 생겼다'라고 말했는데 사쿠라는 유우야한테 그걸 말하지 않았다는 건가.

'거기까지 말해도 된다고는 안 했잖아!'

전화 너머로 들었던 사쿠라의 말을 떠올렸다. 아무것도 생각하지 않고 있는 그대로 이야기하는 유우야한테는 말하지 않는 편이 좋다고 판단해 준 건 분명 나에 대한 사쿠라의 배려다.

좋은 애랑 사귀고 있구나…… 라고 생각했다.

"야, 케이이치."

여러 가지로 생각하고 있자 유우야가 재촉했다.

"아, 아아. 미안."

어물거리고 말았다.

"뭐야, 갑자기. 아니 그보다 누군데."

유우야가 낮은 목소리로 재차 캐물었다.

"너가 모르는 애야."

나는 그렇게 대답했다.

"너 설마…… 교토 애냐?"

"……응."

남자다운 성격의 유우야가 새빨개진 얼굴로 '좋아하는 녀석이 생겼어'라고 말한 건 마침 1년 전의 일이다. 늘 다녀 익숙한 패밀리 레스토랑에 새로 아르바이트로 들어온 사쿠라한테 첫눈에 반한 것이 계기였다. 면식이 없는 여자애와 연결점을 찾지 못해서 패밀레 레스토랑 자리에서 굳어 있을 뿐인 유우야 대신 내가 사쿠라한테 말을 걸었다.

'얘한테 물 세 잔 부탁합니다.'

'세 잔이요?'

'목이 엄청나게 마른 모양이라서.'

'……알겠습니다.'

긴장으로 탈수 증상을 일으킬 것 같을 정도로 땀을 뚝뚝 흘리고 있는 유우야한테 사쿠라가 물을 가져다준 것이 시작이었다. 그 뒤로 우리는 뻔질나게 패밀리 레스토랑에 가서 사쿠라가 우리 얼굴을 기억하게끔 만들었다.

하지만 유우야는 사쿠라가 말을 걸어도 굳어질 뿐 아무 말도 하지 못했다. 내가 유우야의 마음을 대변해서 사쿠라한테 전하고 어찌어찌 유우야가 답하고, 그리고 두 사람은 서로 웃고 있었다.

어느 정도 시간이 지나 다 같이 바다에 가자고 부른 게 계기가 되어 유우야와 사쿠라는 급격히 거리가 가까워졌고 무사히 사귀게 되었다.

'잘됐네'라고 말한 내게 유우야는 고개를 돌리며 '그래'라고 대답했다.

그리고 '……고맙다'라며 나직이 중얼거린 뒤 '다음은 케이이치 네 차례네'라고 말했다.

'나?'

'그래. 너한테 좋아하는 녀석이 생기면 전력으로 응원해줄 테니까 말이다. 전부 나한테 맡겨 두라고.'

'아니, 맡길 수 없지.'라고 생각했지만 나는 친구의 마음이 기뻐서 '그럼 부탁할게'라고 대답했다.

그 은혜를 갚으려고 그런 것인지 사쿠라와 유우야는 번번이 이런 이야기를 꺼낸다. 언제나 내 쪽에서 거절해 버리지만.

이번에는 '이제 응원해주지 않아도 돼'라고 막 말했던 참에 온 전화였다.

——좋아하는 사람 정도는 스스로 찾겠어.

처음부터 그렇게 정했었다.

그리고 좋아하는 사람이 생기면 유우야한테는 말해야지 생각하고 있었다.

이런 쑥스러운 일일 거라고는 생각지 않았지만.

내가 그녀를 좋아하게 된 사실을 전하자 유우야는 말했다.
"데이트는 했냐?"
"데이트?"
"그래. 우선은 데이트다."
유우야가 말하니 재미있다. 유우야는 어떤 데이트를 하고 있을까 상상해 봤다가 상상이 안 돼서 웃음이 나오고 말았다.
"뭘 웃고 있는 거야. 얼른 데이트 약속 잡으라고. 멍하니 있다간 다른 녀석한테 빼앗긴다."
유우야의 말이 내 가슴에 푹 꽂혔다.
"그래도 괜찮냐?"
더욱 깊게 도려내는 것처럼 핵심을 찌른다.
"당연히 안 되지." 나는 그렇게 말했다.
사키가 다른 녀석한테 미소 지어 주거나, 다른 남자 옆을 걷는 건 상상하는 것만으로도 화가 난다. 죽어도 싫다. 그녀 옆에 서는 건 나다. 그렇게 생각한다.
하지만 그녀에게는── 좋아하는 사람이 있다.
그 현실이 내 마음에 브레이크를 걸었다.
자신의 감정을 소중히 하겠다고 정했다. 하지만 그러면 사키의 마음은 어떻게 되지?
알 수 없었다. 어떻게 하면 좋은지.
"저기, 유우야…… 만약 사귀기 전의 사쿠라한테…… 좋아하는 사람이 있었다면 넌 어떻게 했겠어?"

나는 물어봤다. 유우야는 연애 선배다.

"빼앗았을 거다."

유우야가 단호하게 말했다.

"내가 사쿠라를 더 행복하게 만들어 줄 수 있으니까."

멋있다는 생각이 들고 말았다.

"케이이치도 그렇잖냐?"

"……그래."

만약 꿈이 현실이 된다면 나는 전력으로 사키를 행복하게 만들고 싶다.

그녀의 미소를 쭉 지켜나가고 싶다.

"뭘 망설이고 있는 거야. 아, 상대한테 남자친구가 있다든가 그런 거냐?"

"남자친구…… 는 아닌 것 같아. ……첫사랑 상대를 기다리고 있어. 그 애."

"첫사랑이라니……."

유우야가 하아, 하고 한숨 같은 목소리를 낸 뒤 말했다.

"케이이치의 첫사랑은 언제야?"

"나? 나는 유치원 때려나."

해바라기반 담임 선생님이 내 첫사랑이었다.

"그렇지? 첫사랑 같은 건 몇 년 전 이야기라고. 그런 동화나 꿈속에 있는 존재보다 현실 남자가 훨씬 더 좋다는 생각이 들게 만들어."

동화……? 꿈속……?

유우야의 말이 머릿속에서 빙글빙글 돈다.

그리고 이어졌다.

그녀의 세계는 그 부분만 잘라낸 것 같은 푸르고 조용한 세계였다.

마치 시간이 멈춰 있는 것만 같은 세계는 기분이 편안했지만.

혹시…… 그 시간은 사키가 멈추고 있는 것일까?

그 장소에서 첫사랑 상대를 쭉 기다리고 있는 그녀의 시간은 언제까지나 시간이 흐르지 않는 것일까?

사키는 앞으로도 쭉 아무도 오지 않는 샘에서 가만히 서 있는 건가?

그건 싫다.

나는 사키와 함께 있고 싶다.

같이 살아가고 싶다.

"응. ……데이트하자고 말해 볼게."

"너 주변에 관한 건 잘 보는데 자기에 관한 건 둔감하단 말이지."

유우야는 낄낄 웃고 난 뒤 진지한 목소리로 말했다.

"그럼 망설이지 말라고. 너한테는 시간이 없으니까."

"응."

"힘내라!"

유우야가 단호하게 말했다. 기분이 좋을 정도로 단호하게.

"고맙다."

나는 전화를 끊고 방을 뛰쳐나갔다.

그리고 옆방 미닫이문을 열고 큰 목소리로 말했다.

"할머니 교토에 관해 가르쳐 줘!"

오래되고 넓은 가옥에 내 목소리가 울려 퍼진다.

"뭔 일이여? 그래 허둥대고서는."

"교토에 대해 알고 싶어! 추천하는 장소 없어?!"

"그려, 그려. 알았으니께. 일단 게 앉거라."

할머니의 이야기를 들으면서도 내 머릿속에서는 유우야의 목소리가 반복되고 있었다.

——망설이지 말라고, 힘내라!

여기려나…….

그 뒤 나는 사전 답사를 하러 나왔다.

낮에 할머니는 교토에 대해 자세히 설명해 주었지만 말만으로는 알기 어려운 점이 많았기에 자기 눈으로 확인해 두고자 생각한 것이다.

'아라시야마에서 추천하는 곳은…… 우선은 아라시야마의 심볼인 도게쓰 다리 아니겠니?

그리고 '쥬산마이리(十三参り)'*로 유명한 호우린지(法輪寺)랑 아라시야마의 중심지까지 가면 세계유산으로도 등록된 텐류지도 있지. 법당 천장에 그려진 운룡도도 봐 두려무나. 흑백으로 그려진 용이 어느 위치에서 봐도 노려보고 있는 것처럼 그려져 있으니까 말이다.

거기서 잠시 걸어가면 사가(嵯峨) 두부 요리를 만끽할 수 있는 '쇼라이안'(松籟庵)도 있단다.'

나는 할머니의 이야기를 메모하며 듣고 있었지만 결국 본 적 있는 장소밖에 몰랐다.

할머니는 지역 이야기를 하는 게 기쁜지 시원시원한 말투로 가르쳐 주었다.

'그리고 높게 뻗은 죽림도 멋지단다. 길을 따라 나아가면 인연 맺기로 유명한 노노미야(野宮) 신사도 있고. 그 주변은 조용한 곳이니까 느긋하게 보낼 수 있을 거다.'

여전히 할머니가 해주는 이야기는 편안하게 내 가슴에 울린다.

내용은 알지 못해도 이야기를 쭉 듣고 싶다고 생각할 정도다.

하지만 나는 도중에 중요한 걸 깨닫고 이야기의 흐름을 끊게 된다.

'할머니, 그건 밤에도 열려 있어?'

---

* 세는 나이로 13살이 된 남녀 아이가 허공장보살을 모시는 절에 참배하는 행사

'밤?'

우리가 만난 건 보름달이 뜨는 밤에만이었다.

그건 사키가 블루문을 애타게 그리고 있기 때문이다.

블루문이 빛나는 밤이 되면 그녀는 샘으로 찾아온다.

특별히 약속을 잡지 않은 내가 그녀와 만나기 위해서는 푸른 달이 뜨는 밤에 샘으로 갈 수밖에 없는 것이다.

어제나 그저께 본 밤의 아라시야마의 마을 풍경은 회색 셔터를 내리고 있었다. 절이나 신사는 폐문하고 거리에 사람의 모습은 거의 없었다. 밤의 아라시야마는 고요한 교토의 풍취가 느껴지는 마을로 바뀌어 있었다.

열려 있는 가게는 음식점이거나 일본 전통 느낌으로 디자인된 편의점 정도밖에 없었던 것으로 기억한다. 지금 할머니가 가르쳐 준 곳도 분명…….

'밤에 가는 거냐? 그렇다면 그렇다고 얼른 말하려무나.'

할머니는 팔짱을 끼고 생각에 잠겨 있다. 역시 밤이 되면 아라시야마는 막을 내리는 모양이다.

잠시 생각한 뒤 '앗'하고 목소리를 낸 할머니.

'생각났어?'라고 묻자 '그래, 그래. 있었구나'라며 고개를 끄덕였다.

'최근에 생긴 곳인데 말이다. 근처 사는 친구가 보고 왔다며 자랑하더구나. 그건 낮에 봐도 아름답지만 밤이 되면 안에서 조명을 비춰서 환상적으로 보이는 모양이야. 무척 아름다

우니까 보러 가는 편이 좋다며 본 사람은 다들 말하더구나. 거기에 가보는 건 어떠냐?'

할머니는 새롭게 생긴 그걸 아직 본 적이 없다고 말했기에 '그럼 사진 찍어 올게'라고 말하고 나는 집을 나왔다.

지금 나는 그 장소에 있다.

할머니가 가르쳐 준 장소는 케이후쿠 전기철도 아라시야마선 아라시야마역 안에 있다고 한다.

케이후쿠 전기철도란 교토 시내를 달리는 노면 전차다. 아라시야마 본선 기점은 아라시야마역이고 종점이 시죠오오미야역으로 되어 있다. 이 지역 사람은 다들 이 전철을 란덴(嵐電)이라고 부른다는 것 같다.

나는 케이후쿠 전기철도, 아라시야마역 안으로 들어갔다.

구내에 개찰은 없고 그곳은 개방형 공간으로 되어 있었다. 역이라기보다 광장 같다. 왼쪽에 노선이 있고 1량뿐인 복고풍 노면 전차가 멈춰 있는 게 보였다.

오른쪽을 보니 내 키를 넘는 기둥이 부지를 뒤덮을 것 같이 서 있었다.

이거다…….

할머니가 가르쳐 준 것을 한눈에 보고 알 수 있었다.

나는 그것에 가까이 다가갔다.

2m는 될 것 같은 형형색색의 다양한 무늬로 장식된 기둥이

골목길을 사이에 끼우는 것처럼 일정한 간격으로 서 있다.

그 기둥은 본 적이 없는 색깔을 띠고 있었다.

나는 끌려 들어가는 것처럼 아름다운 아크릴 기둥을 바라봤다.

혹시 이 안에 들어있는 건…….

나는 기둥 안에 들어있는 원단의 정체를 알아차리고 목소리를 내는 것을 잊을 정도로 놀랐다.

아크릴 기둥 안에 들어있던 건 기모노였다.

입구에 세워진 간판에 설명이 적혀 있었기에 훑어보니 그 기모노는 교유젠* 원단으로 32종류 무늬가 있다고 적혀 있다.

이 장소는 교유젠을 사용한 기둥 600개가 늘어선 '기모노 포레스트'라고 부른다는 것 같다.

그곳은 그야말로 교유젠의 세계였다.

나는 할머니가 했던 말을 떠올렸다.

'밤이 되면 그 세계는 조명을 받아서.'

'응…….'

'빛의 숲으로 변하니까.'

'빛의 숲…….'

'근처에 있는 자연적인 대나무숲과 인공적인 빛의 숲. 어느 쪽이 예쁘려나.'

할머니는 본 적이 없는 빛의 숲을 떠올리는 것처럼 먼 곳을

* 교토에서 생산되는 무늬 염색 기모노

바라보며 말했다.

“빛의 숲인가…….”

나는 몇 시간 전에 들은 할머니의 이야기를 떠올리며 아크릴 기둥을 만졌다. 그리고 시선을 안쪽으로 향했다.

형형색색의 교유젠 원단이 들어간 기둥은 낮에 봐도 이렇게나 아름다운데 밤이 되면 이 기둥은 안에서 따뜻한 빛을 내뿜어 이 장소는 환상적인 공간으로 변화한다고 한다.

빛을 띤 기모노 회랑이라…….

무척 아름답겠다는 생각이 들었다.

환상적이고 아름다운 밤의 ‘기모노 포레스트’를 그녀와 함께 걷고 싶다고 생각했다.

빛의 숲을 보면 사키는 기뻐해 주려나…….

산 위에서 야경을 바라보고 있었을 때와 같은 빛을 띤 상냥한 눈으로 이 경치도 봐줄까…….

경치를 비추는 커다란 눈동자와 그녀의 예쁜 옆모습을 떠올리고 내 가슴의 고동 소리가 커졌다.

‘그 뒤에 그대로 란덴에 타서 산죠(三条)나 시죠(四条) 근처에서 놀면 되지 않겠느냐? 젊은 애들은 그 근처에서 놀던데?’ 할머니가 그렇게 덧붙였다.

아라시야마 이외의 교토는 내게는 미지의 세계다. 나는 확실하게 메모했다.

이제야 겨우 밤이 왔다.

"다녀오겠습니다."

나는 작은 목소리로 그렇게 말하고는 살며시 문을 열었다.

조용한 주택가에 텅, 하고 미닫이식 현관문을 닫는 소리가 울렸다.

높은 지대에 있는 할머니 집에서 바라보는 경치는 여느 때와 다를 게 없다. 진한 남색 하늘 아래 나는 마을로 걸음을 내디뎠다.

고풍스럽게 만들어진 건물들이 늘어선 거리 중 한 곳에서 달콤하면서 짭짜름한 냄새가 감돌았다.

이 냄새는 뭐지?

조림 요리인가…… 오뎅이려나. 아니 여름에 오뎅은 안 먹나.

그런 생각을 하면서 내게 날아오는 맛있는 냄새의 정체를 탐색하며 걸었다.

저녁을 막 먹은 참인데도 내 배는 벌써 고팠다. 연비가 나쁘다고 스스로도 생각한다.

저녁 메뉴 맞히기 퀴즈를 하면서 변함없는 거리의 풍경을 구경하며 나는 마을로 내려왔다.

다니기 익숙해진 밤의 마을은 나를 마중해 주고 있는 것만 같다.

오늘 밤도 푸른 달이 나를 지켜봐 주고 있다. 오늘도 푸른 달빛이 내가 걷는 길을 비춰 주는 덕분에 헤매지 않고 숲으로 갈 수 있었다.

"앗, 차가워!"

오늘 아침에 비가 내렸던가?

숲에 도착하니 샛길 옆에서 뻗은 나무의 나뭇잎에 붙어 있던 물방울이 내 팔을 적셨다. 잘 보니 나뭇잎 위에 있는 물방울은 푸른 달빛을 받아 수정색으로 반짝이고 있었다.

마을에 내린 비는 이미 말라 버렸던 걸까?

눈치채지 못했지만.

햇빛이 들기 어려운 숲에만 물방울이 남아 있는 건가…….

습기가 있는 숲을 걸어 시야가 트인 곳에서 푸른 샘을 발견했다.

샘을 발견한 것과 동시에 내 눈은 그녀를 찾고 있었다.

샘물가에 쪼그려 앉아 우산을 써서 놀고 있는 그녀를.

그건 내가 첫눈에 반한 아름다운 그녀의 모습이다.

오늘도 그 모습을 볼 수 있다며 기대하고 왔는데——

어라? 없네…….

항상 있던 샘물가에 사키는 없었다.

샘 주변을 둘러봤지만 그녀의 모습은 어디에도 보이지 않았다.

오늘은…… 안 오는 건가?

"와앗!"

한순간 아연해졌던 내 귓가에 누군가의 목소리가 닿았다.

목소리가 난 쪽을 뒤돌아보니,

"놀랐어?"

양쪽 입꼬리를 올리며 미소 짓는 여자애가 있었다.

——사키다.

내 마음이 그녀의 이름을 불렀다.

다행이다…… 만날 수 있었어.

"뭐…… 하고 있는 거야?"

목소리가 떨리지 않도록 조심했다.

"어제, 케이이치 군이 나를 놀라게 했으니까. 오늘은 꼭 내가 놀라게 하고 싶어서 저기서 숨어 있었어."

그녀는 옆에 있는 울타리를 가리켰다.

"깜짝 놀랐어?"

사키는 커다란 눈동자를 동그랗게 뜨고 나를 보고 있다.

"너무 놀라서 목소리도 안 나와?!"

득의양양하게 흐흥, 하고 콧소리를 내는 건 분명 그녀의 버릇이다. 우쭐대며 말하는 내용이 조금 어린애 같네, 라고 생각한 건 그녀에게는 비밀이지만.

주인님한테 칭찬받고 싶어서 꼬리를 흔드는 강아지 같은, 아빠가 놀랐으면 해서 사소한 장난을 하는 어린아이 같은. 그런 사키를 보고 있었더니 나는 '으아아!'라고 외치면서 다리가 풀리는 연기라도 하는 편이 좋았으려나 생각이 들었다. 하지만 그렇게 생각만 할 뿐, 가능할 것 같지는 않지만.

“깜짝 놀랐긴 했는데…… 반응은 별로였지? 미안.”

내가 그렇게 말하자 사키는 고개를 붕붕 가로젓고는,

“전혀! 항상 쿨한 케이이치 군이 깜짝 놀란 표정을 볼 수 있었으니까.”

사키는 만족스러운 듯이 말했다.

“내가 깜짝 놀란 표정을 짓고 있었어?”

“응. 짓고 있었어. 그 표정 절대로 못 잊을 거야.”

사키는 어깨를 작게 떨며 쿡쿡 웃었다.

쿨하지도 않거니와 깜짝 놀라지도 않았다고 생각하는데. 마음속으로 그렇게 딴지를 걸면서도 그녀의 얼굴 한가득 미소가 지어진 것을 볼 수 있었기에 나는 전부 잘됐다고 치기로 했다.

평소의 사키는 우등생 느낌인데 때때로 이런 어린애 같은 행동을 하고 싶어 한다.

이게 진짜 사키일지도 모르지만.

“얼마나 오래 숨어 있었어?”

살며시 손을 뻗어 사키의 머리 위에 붙은 잎을 떼어 줬다.

“잠깐 숨어 있었어.”

그렇게 대답한 그녀한테 잎을 보여 주자 그녀는 눈을 휘둥그레 뜨고는 부끄러운 듯이 뺨을 물들였다.

"오늘은 안 가?"

나는 신경 쓰여서 물어봤다.

항상 샘물가에 쪼그려 앉아 있는 그녀가 오늘은 샘이 보이는 숲에 있기 때문이다.

"오늘은 줄곧 비가 내렸잖아? 그래서 샘 주위가 꽤 질척해져 있어서 갈 수가 없어."

줄곧 비?

"비가 왔던가?"

"왔었어. 가랑비지만. 내렸다가 그쳤다가 반복하고 있었는데 몰랐구나?"

"응. ……내리는지 몰랐어."

오늘 낮에는 아라시야마를 사전 답사하러 왔었는데 가랑비가 내렸던 기억은 없다. 내가 할머니 집에 돌아가고 난 뒤에 내리기 시작한 걸까?

비가 내렸다는 하늘을 올려다봤다. 오늘도 농밀한 색깔의 밤하늘에 푸른 달이 떠 있다. 옅은 구름이 걸린 보름달은 오늘도 무척 아름답다.

나는 달을 바라보며 말했다.

"사키는 말이야……."

"뭔데?"

"언제부터 여기서…… 기다리고 있어?"

갑작스러운 질문이라는 걸 스스로도 알고 있다.

하지만 어떻게 해서든 꼭 물어보고 싶어졌다.

비가 와서 샘물가에 갈 수 없는 날에도 역시 그녀는 샘이 보이는 이 숲속에서 첫사랑 상대를 기다리고 있는 것일까?

어둑어둑한 숲속에서 나뭇잎이 흔들리는 소리와 때때로 요란하게 우는 매미 울음소리가 들린다.

이런 장소에서…… 쭉 혼자서만?

그렇게 생각하니 묻고 싶어서 견딜 수가 없었다.

"……6년 전부터."

그녀는 그렇게 말했다.

6년 전이라고 하면 그녀는 11살. 초등학교 6학년이다.

"그때부터 쭉 첫사랑 상대를 기다리고 있어?"

"응. 한 번도 와 준 적은 없지만."

"……약속했어? 여기서 만나자고."

"아니. 약속은 안 했어. 단지 내가 여기서 만났을 때 첫눈에 반했으니까 또 여기에 있으면 만날 수 있지 않을까 싶어서 기대하고 있는 것뿐이야."

아아…… 유우야가 말했던 대로였다.

그녀의 시간은 그녀 자신이 멈추고 있다.

그녀는 동화 같은 꿈의 세계 속에서 사랑을 하고 있다.

……6년이나 전부터 쭉.

'현실 남자가 훨씬 더 좋다는 생각이 들게 만들어.'

뇌리에 지나간 유우야의 목소리가 내 등을 강하게 밀었다.

"사키, 놀러 갈까?"

"어?"

"어제 사키가 이곳저곳 데리고 가줬잖아? 나 무척 즐거웠으니까 오늘은 그 보답을 하고 싶어."

"보답?"

사키는 짧게 그렇게 말하고는 나를 봤다.

"하지만……."

그리고 말문이 막힌 그녀에게 나는 말했다.

"그 사람한테는 또 편지를 써서 남겨 두자."

"하지만 난…… 휴대폰을 안 가지고 있어서. 기숙사 전화번호밖에 없으니까 멀리는 못 가서……."

그녀의 말끝이 작아져 간다.

"휴대폰 없어?"

"히나타 기숙사는 휴대폰 금지야."

"그렇구나. 그럼 내 번호를 써 두면 돼. 메모해."

약간 강압적이었을지도 모른다.

"어? 잠깐만 기다려 줘."

하지만 사키는 다른 생각하기 전에 가방에서 종이와 펜을 꺼내 내가 말한 숫자를 적었다. 나는 사키가 숫자를 적은 종이를 받은 뒤,

"이것도 빌려도 돼?"

"응."

그녀의 손안에 있는 펜을 빌려 거기에 한 마디만 더 덧붙였다.

다 적고 나서 그녀에게 펜을 돌려주고 그녀가 손에 들고 있는 비닐 우산을 살며시 빼앗아 샘 쪽으로 걸어갔다.

"케이이치 군?!"

뒤쪽에서 사키의 목소리가 들려왔지만 나는 신경 쓰지 않고 샘을 향해 갔다.

샘에 설치된 목제 판자 위에 투명한 우산을 올려놓았다. 그리고 그 밑에 편지를 끼웠다.

이거라면 금방 눈에 띌 것이다.

그곳은 푸른 달의 빛이 가장 많이 닿는 장소였다.

"그럼 갈래?"

샘에서 돌아온 나는 망설이는 사키에게 물었다.

단호하게 말했지만 본심은 거절당하지 않을까, 민폐라고 생각되지 않을까 하여 안절부절못하고 있었다.

하지만 나는 그녀한테 보여 주고 싶은 것이 있었다.

그녀와 함께 즐거운 시간을 보내고 싶다고 생각했다.

그런 나의 강한 바람이 전해졌는지 그녀는 체념한 듯이 미소 지었다.

"여기 있어도 케이이치 군은 따분하겠지……. 응. 알았어. 갈게."

그렇게 말해 주었다.

좋아, 하고 마음속으로 주먹을 쥐고 파이팅 포즈를 취한 뒤, 나는 진흙투성이 스니커즈로 숲을 뛰어 내려갔다.

"케이이치 군 뛰는 거야?!"

"빨리 가자! 밤은 짧아."

그런 우리를 푸른 달이 보고 있었다.

"마을로 내려온 거 오랜만이야."

숲을 나와 잠시 걷자 사키가 말했다.

"그렇구나."

"마지막으로 온 건 10살 때였으려나. 엄마랑 같이 온 게 마지막이야."

벌써 7년이나 지났다.

"좀 달라진 거 같아?"

나는 그렇게 물었다.

그녀는 마을을 빙글 둘러보고는,

"응. 엄청나게."라고 대답했다.

그렇게 말한 그녀의 목소리는 온화했다. 사키는 오랜만에 보는 마을 풍경을 따뜻한 눈으로 보고 있었다.

데리고 오길 잘했다는 생각이 들었다.

그녀는 샘에 가만히 서 있는 것보다도 교토의 마을이 더 잘 어울린다.

"이런 건물도 없었고 옛날부터 있었던 이 가게도 분위기가 전혀 달라. 세련되고 깔끔해졌어. 개축한 걸까……."

그렇게 말한 그녀의 어깨 너머로 '음전한 교토에 어서 오세요'라고 적힌 간판이 보였다.

음전하다…… 라.

처음 그 말을 들었을 때는 '음전하다'의 의미를 몰라서 할머니한테 물어봤다.

'「음전하다」는 건 관서 지방 말로 우아하고 밝고 아름다운 걸 말한단다.'

우아하고 밝고 아름답다――

그건 그녀를 가리키는 말이다.

그녀한테는 음전하다는 말이 잘 어울린다.

우아하며 밝고 애교가 있고 꾸미지 않아도 아름다워서――

분명 사키는 기모노 차림도 잘 어울리겠지…… 라고 생각했다. 교토 여성이라고 하면 곧바로 기모노를 연상하는 부분이 외지 사람의 발상인 걸지도 모르지만.

피부가 하얗고 슬림한 체형의 그녀가 기모노를 입은 모습은 무척 아름다울 것이다.

호리호리한 어깨에 걸쳐지는 화려한 기모노 차림의 그녀를 떠올렸을 때, 내 배가 꼬르륵하고 소리를 냈다.

농담이지? 이럴 때. 말도 안 돼.

갑자기 소리를 낸 자신의 배에 화를 내고 있자 옆에 있던 그녀가 눈가를 누르며 웃었고,

"배고픈 거야?"라고 물었다.

눈물이 나올 정도로 웃겼던 걸까. 구멍이 있다면 들어가고 싶다.

나는 초조한 마음을 숨기며 "그런 것 같아."라고 남의 일처럼 대답했다. '배가 무척 고픈 건 아니다. 살짝 허기진 정도다.'라고 생각하면서.

"근처에 말이야, 맛있는 고로케 가게가 있는데 가지 않을래?"

"고로케? 좋아해! 갈래!"

나는 아라시야마 가도를 남쪽으로 내려가 텐류지 앞에서 왼쪽으로 꺾었다. 그리고 갈색 간판이 표식인 '나카무라야'에 도착했다.

"어서 오세요."

가게 점원이 인사하는 소리를 들으며 나는 "사키, 몇 개 먹을래?"라고 말을 건넸다.

사키는 "하나."라고 대답했다. 나는 세 개 사서 하나를 사키한테 건넸다.

"여기 고로케 먹어본 적 있어?"

"아니, 없어. 이 거리에 처음 들어와 봤어."

"그렇구나."

이곳은 중심가가 아니니까 말이지. 나도 할머니가 알려주지 않았다면 몰랐을 것이다.

"맛있어 보이네."

사키가 갓 튀긴 고로케를 보며 말했다.

"맛있다고?"

"기대돼. 잘 먹겠습니다."

사키는 한 입 덥석 먹었다.

"앗, 뜨거워!"

아차! 뜨거우니까 조심하라고 말하는 걸 잊었다.

"괜찮아?!"

"응. 조금 뜨거웠지만 괜찮아. 그건 그렇고 이 고로케 맛있네. 지금까지 먹었던 고로케 중에서 제일 맛있을지도?!"

그렇게 말한 그녀의 고양이 같은 눈동자가 더할 나위 없을 정도로 늘어져 있다.

나는 '나카무라야'에 합장하여 감사 인사를 하고 싶은 기분이 들었다.

나는 그녀의 귀여운 미소를 볼 수 있어서 행복하다.

꼬르륵.

"케이이치 군. 소리 나, 소리."

"응. 나도 먹어야겠어."

무드는 없었지만.

그리고 나서 우리는 밤의 아라시야마를 남쪽으로 내려갔다. 대부분 다 닫혀 있어서 머리 위에 있는 건 커다란 오렌지색 가로등뿐이었다.

때때로 열려 있는 가게를 발견하고는 무슨 가게일까? 하고 들여다봤지만, 그곳은 고급 음식점이거나 여관이어서 고등학생인 우리가 갈 만한 가게는 아니었다.

나는 번화가로 나가고자 생각했다. 할머니한테 추천받은 란덴을 타고.

"사키, 이쪽이야."

중심가에서 남쪽으로 내려가 왼쪽으로 꺾었다.

사키는 "란덴?"하고 말하며 내 뒤를 따라왔다.

"응, 맞아."

나는 아라시야마역 부지 안에 있는 기모노 포레스트를 사키한테 보여 주고 싶었다.

분명 이 시간의 기모노 회랑은 안에서 아련한 빛을 내뿜으며 빛의 숲이라 불리는 환상적인 세계가 되어 있을 터다.

교유젠 원단의 색채에 시선을 빼앗기는 사키의 모습을 기대하며 역 안으로 들어갔다.

광장에 도착하고 눈에 들어온 것은 이미 도착한 노면 전차였다.

"와, 벌써 와 있어! 케이이치 군, 이거 타는 거야?"

하지만——

"케이이치 군?"

——삐리리리리리.

그때 출발을 알리는 전철 경적이 울렸다.

“케이이치 군, 출발해 버리는데? 안 타도 돼?”

사키가 내 얼굴을 들여다보며 물어봤다.

“……아아, 탈 거야.”

란덴에 올라타자 딱 맞게 문이 닫혔다.

“비어 있네.”

우리는 긴 좌석에 나란히 앉았다.

“실은 나 란덴에 타는 거 처음이야.”

그렇게 말하는 사키의 목소리가 나한테는 모르는 사람의 목소리처럼 들렸다.

내가 보고 있는 건 노면 전차 창밖에 보이는 경치였으니까.

그곳에는 기모노 회랑이 만들어 내는 빛의 숲 경치가 펼쳐져 있을 터였다.

그런데 노면 전차 맞은편에 있어야 하는 교유젠 원단을 넣은 아크릴 기둥은 하나도 보이지 않았다. 그곳은 평범한 아스팔트로 아무것도 존재하지 않는 공허한 광장이었다.

내가 사키한테 보여 주고 싶었던 빛의 숲이 이곳에는 없었다.

뭐가 어떻게 된 거지……?

낮에 본 것이 밤에 없다니.

그런 일이 있을 수 있는 건가……?

“케이이치 군, 왜 그래?”

"아, 아니……. 아무것도 아니야."

어디 다른 역이랑 착각한 것일까?

다른 역에서 타 버린 걸까?

나는 경치를 보면서 생각했다. 생각해도 알 수 없었지만.

보라색을 띤 복고풍 노면 전차는 우리를 태우고 느긋하게 교토 시내를 달리기 시작했다.

차창 너머로 보이는 경치는 어느샌가 민가나 자연으로 바뀌어 갔다.

선명한 색을 띠고 있을 경치가 밤의 어둠에 어렴풋이 물들어 수묵화처럼 비쳐 보인다.

1량뿐인 작은 차량은 천천히 그 경치 안을 달려나갔다.

"케이이치 군, 저거 봐."

별안간 그녀가 말했다. 차내 천장에 매달린 광고를 가리키고 있었다.

나는 그쪽으로 시선을 옮겨 포스터를 봤다.

이상한 말이 적혀 있다.

"란덴 요괴 전차래."

그녀가 포스터에 크게 적힌 글자를 읽었다.

그녀의 말대로 그 포스터 중앙에는 '란덴 요괴 전차'라고 적혀 있었고, 그 밑에 수많은 요괴가 그려져 있다.

"저런 전차 알아?"

그녀가 그렇게 말해서 나는 "모르겠는데."라고 대답하고는 포스터를 뚫어지게 봤다.

포스터에 그려진 건 고양이 소녀 느낌, 아기 울음 노인*, 잇탄모멘** 등 어디선가 본 적 있는 익숙한 요괴뿐이었다.

포스터 속의 요괴들을 잘 보니 머리카락은 가발이고 얼굴도 분장이다. 가면을 쓰고 있는 요괴도 있다. 의상은 직접 만든 것일까?

현실감 있게 변장한 요괴들이 이쪽을 보고 있다.

"이거 뭘까?"

그녀의 목소리를 들으며 나는 그것들을 응시했다.

8월 하순의 정해진 기간에만 이 란덴은 요괴 전차라고 이름을 바꾸는 듯하다. 그 전차에는 요괴가 동승한다고 한다.

평소의 나는 한큐선 전철만 이용하고 있었으니까 사키와 마찬가지로 란덴을 타는 건 처음이다.

한큐선 전철과 란덴이 다른 건 란덴이 노면 전차라는 점 뿐…….

그렇게 생각했는데 이 전차에는 계절에 따라 여러 이벤트가 있는 모양이다.

나는 그것들을 알리는 포스터를 부러운 듯이 바라보는 사키에게 말했다.

"요괴 전차 타고 싶었어?"

---

* 겉모습은 노인이지만 아기 울음소리로 우는 요괴
** 긴 무명천 모습을 한 요괴

"아니."

그녀는 그렇게 말하며 고개를 가로저었다.

"난 무서운 건 잘 못 보니까."

그렇게 말한 그녀의 눈동자에 호기심 어린 기색이 깃들어 있는 것을 나는 놓치지 않았다.

"못 보니까?"

다음에 이어지는 말을 묻는 것처럼 재촉하자 그녀는 놀란 것처럼 이쪽을 보더니 안심한 듯이 미소 짓고는 말했다.

"못 보니까…… 타고 싶어! 라고는 생각하지 않지만……. 어떤 전차일지 조금 흥미는 있으려나."

"만약 내가 억지로 타자고 하면?"

"으음~ 조금 망설이겠지만 어쩌면 재밌을지도 몰라, 하고 탈지도."

무섭지만 탈 수 있을지도 모르는구나.

무서워하면서도 유령의 집에 들어가는 사람의 마음이 이런 느낌일까?

나는 전혀 무섭지 않아서 모르겠지만.

"그런데 옆자리에 요괴가 앉아 있는 거지? 그건 상당히 무섭네."

역시 무섭구나.

다양한 표정을 짓는 그녀를 보고 나도 모르게 미소 지었다.

7년 만에 마을로 내려와 갑자기 요괴가 있는 전차에 탔다

간 그녀는 몹시 놀랄 것이다.

그래서 오늘은 이 포스터만으로 괜찮겠지, 하고 생각했다.

또 언젠가 그녀와 타보고 싶다고도 생각하면서…….

"승객도 변장해도 된다고 적혀 있네?"

나는 무서움을 많이 타지만 호기심 왕성한 그녀를 향해 말했다. 그녀는 눈을 반짝였다.

"와, 진짜다. 게다가 요괴로 인정받으면 요괴 인정 스티커를 받을 수 있고 승차권이 50엔이 된대."

"어째 재미있어 보이네."

"정말로."

그렇게 말하고 우리는 서로 웃었다.

쿡쿡 웃는 우리의 거리는 생각했던 것 이상으로 가까웠다.

천천히 달리는 전차가 노선에 맞춰 흔들릴 때마다 내 오른쪽 어깨와 그녀의 왼쪽 어깨가 맞닿고는, 떨어진다.

그때마다 내 가슴 안에 작은 불이 켜졌다. 그 후 꾹 옥죄어 든다.

그것과 동시에 사키와 닿은 어깨 부분이 점점 뜨거워져서 의식이 그곳에 집중되는 것을 알 수 있었다.

나는 허리를 들어 약간만 그녀한테서 떨어졌다.

그러지 않으면 바쁘게 계속 소리를 내는 가슴의 고동이 그녀한테 들려 버릴 것만 같았으니까.

"사키가 요괴 전차에 탈 때는 요괴로 변장할 거야?"

나는 두근두근하는 가슴의 고동을 얼버무리며 물었다.

"그러네~ 어린애였다면 했을지도."

"사키는 고양이 소녀 같지?"

내가 그렇게 말하자,

"뭐어~? 누라리횬이 좋은데~."

사키가 그렇게 말했다.

"뭐야, 그 요괴는?"

"몰라? 게게게의 키타로에 나왔다구."

"본 적 없어. 그거 어떤 요괴야? 여자애?"

"키가 작고……."

호오, 호오.

"머리가 큰……."

응?

"노인이야."

"노인이구나."

그녀의 발언이 재미있어서 나는 배가 아플 정도로 웃고 말았다.

전차가 종점인 시죠오오미야역에서 정차했다.

우리는 전차에서 내려 맞은편에 있는 오오미야역에서 한큐선으로 환승한 뒤, 거기서 두 정거장 더 가서 교토카와라마치역에 도착했다.

지상으로 나와 주위를 둘러봤다. 거기에는 본 적이 없는 교토의 풍경이 펼쳐져 있었다.

잠깐…… 이쪽이었던가?

목적지까지 가는 길을 할머니한테 배웠는데도 그걸 쓴 메모를 보며 걷는 게 부끄러워서 어슴푸레한 기억에 의지해 걸었다.

문득 인파가 흐르는 것처럼 들어가는 모퉁이를 발견했다. 우리도 그곳을 왼쪽으로 돌아, '기야마치(木屋町) 거리'라 적힌 길로 들어갔다. 수많은 인파에 따르는 것처럼 북쪽으로 걸었다.

오케이. 여기가 맞을 거다.

할머니도 '기야마치 거리를 걸어서……' 그렇게 말했으니까.

기야마치 거리 옆에는 도로를 따라 얕은 강이 흐르고 있었다. 강바닥에 가득 쌓인 돌이 보일 정도로 깨끗한 물이 흐르고 있다. 이 거리도 교토의 풍취를 빚어내고 있다.

강에는 작은 다리가 몇 개 놓여 있었고, 다리 건너편에는 여러 가게가 빼곡하게 늘어서 있었다. 가게 앞에는 인파가 생겨나 있다. 차례를 기다리는 커플도 많다.

시죠라 불리는 이 장소는 밤인데도 사람으로 넘쳐나고 있었다. 밤의 아라시야마와는 비할 바가 못 될 정도로.

익숙지 않은 경치와 복잡하게 만들어진 거리에 내 마음은 안절부절못한 상태였다.

이 길 다음은 어디로 가더라? 오른쪽인가? 왼쪽인가? 똑바로인가?

사람이 너무 많아서 어디에 모퉁이가 있는지도 알 수 없다. 보이질 않는다.

이거 ……괜찮은 건가?

길을 알 수 없게 되어 초조해져 있었다.

갈 길을 서두르려고 하는 내게 부드러운 목소리가 전해졌다.

"케이이치 군, 이거 벚나무야."

목소리가 난 쪽으로 뒤돌아봤다.

사키가 멈춰 서서 강을 뒤덮을 것처럼 뻗어 있는 꽃이 없는 나무를 보고 있었다. 나도 그에 이끌리는 것처럼 하늘을 올려다봤다.

어린 녹색 잎이 우리 머리 위에 커다란 처마를 만들고 있었다.

"이거…… 벚나무야?"

몇 걸음 앞을 걷고 있던 나는 그녀가 있는 곳으로 돌아와 물었다.

꽃이 피지 않아서 몰랐다.

"응. 여기에 말이야, 왕벚나무라고 적혀 있어."

"진짜다."

사키가 나무에 걸려 있는 표찰을 가리키며 말했다.

"봄이었으면 더 예쁠까?"

올려다본 밤하늘에 벚꽃이 피는 소리가 난다.

그녀를 향해 분홍색 벚꽃이 하늘하늘 흩날리며 떨어진다.

그녀의 목소리를 듣고 있으려니 그런 상상을 하고 말았다.

만약 지금이 봄이었다면…… 가을이었다면…… 그런 건 생각해 본 적도 없었네…….

우리 옆을 수많은 사람이 잰걸음으로 지나쳐 갔다. 그 속도에 맞추는 게 당연하다는 것처럼 다들 그에 이끌려 걷고 있다.

도쿄에 있었을 때도 분주하게 걷는 사람들의 보조에 어느 샌가 맞추는 게 내 일상이 되어 있었다.

나만 남겨지지 않도록.

하지만 그녀는 인파에는 휩쓸리지 않고 걸음을 멈춰 눈앞에 있는 경치 하나하나를 소중하게 보고 있다. 아름다운 경치를 자기 눈에 또렷하게 새기는 것처럼.

"하지만 난 하자쿠라*도 좋아해. 꽃이 없어도 예쁘지."

하자쿠라라고 하는구나…….

"밤이라 그런가. 특히 더 아름답게 보여……."

하자쿠라를 올려다보며 중얼거린 뒤, 따뜻한 미소를 보여준 그녀에게 내 마음이 흔들렸다.

---

* 꽃이 지고 나서 잎이 난 벚나무

남자니까 리드해야만 한다.

헤매지 않고 멋있게, 스마트하게 데이트를 이끌고 가야만 한다.

결과만을 신경 써서 마을 속 작은 경치도 알아차리지 못했던 내 가슴에 무언가가 크게 꽂혔다.

밤의 소음이 어둠 속으로 사라졌다.

"하자쿠라라고 하는구나."

"응. 몰랐어?"

"단어는 들은 적 있는데 실제로 본 건 처음일지도. 꽃이 없는 벚나무는 항상 못 알아차리니까."

솔직하게 그렇게 말하자 그녀는 고개를 끄덕이고는 말했다.

"그렇지. 나도 어쩌다 표찰을 발견한 것뿐이야."

그녀가 만드는 상냥한 미소와 부드러운 분위기가 나를 구해 주는 것만 같았다.

비에 씻긴 어린 하자쿠라가 우리를 향해 늘어져 있다. 하자쿠라 나무는 길을 따라 쭉 이어지고 있는 것처럼 보이기도 했다.

"어디까지 이어져 있는 걸까?"

"보러 가자."

"그래."

나는 머릿속에 있는 지도를 놓아 버렸다.

그녀가 그래도 괜찮다고 말해 준 듯한 느낌이 들었기 때문이다.

하자쿠라가 늘어선 가로수길은 강을 따라 길게 이어져 있었다.

그녀가 말했던 대로 봄이 오면 이 길은 화창한 색깔로 나란히 줄지어진 벚나무 가로수길이 될 것이다.

"어쩌면 강을 따라 쭉 이어지고 있는 걸지도 모르겠네."

간단한 답에 이르렀을 때, 우리는 '산죠 거리'라 적힌 커다란 길과 마주쳤다.

'산죠키야마치'라고 적혀 있다.

——여기다.

머릿속에 있는 단편적인 지도를 놓아 버리자마자, 나는 할머니의 목소리를 또렷하게 떠올렸다. 스트레스에서 해방된 순간에 선명하게 떠올리다니 내 사고회로는 어찌 이리도 단순하게 만들어져 있는 걸까.

"케이이치 군 어디 가?"

사키가 그렇게 물었기에 나는 대답했다.

"모처럼 여름의 교토에 왔으니까 가와도코(川床)에 가보지 않을래?"

가와도코란 가모가와(鴨川)강 강변에 나무로 만들어진 야외 테라스가 죽 늘어선 피서 쉼터를 말하는 것이다. 여름이 되면 가모가와강 강변의 가게는 서로 협력하여 기간 한정으로 가와도코를 낸다.

"가와도코는 비싸지 않을까?"

산죠키야마치를 오른쪽으로 돌아 산죠오하시를 향해 걷는 내 옆에서 사키가 걱정했다.

교토 사람이라면 가모가와강 가와도코의 존재를 모르는 사람은 없을 것이다. 그 장소에서 먹는 식사는 조금 비싸다는 것도 들은 적이 있다.

"괜찮아. 좋은 곳을 소개받았으니까."

고등학생한테는 문턱이 높을 것 같다고 생각했지만, 오늘 할머니가 알려준 것이다.

'산죠오하시 쪽 강기슭 카페에도 야외 테라스가 설치되어 있단다. 자릿값도 안 받으니까 가보는 게 어떠냐?'라고.

나는 가보고 싶다고 생각했다. 사키와 함께 교토의 여름 풍경을 만끽하고 싶다.

"여긴……."

그녀의 눈동자가 벽돌로 만들어진 건물 위에서 아래로 천천히 흐르는 것처럼 움직였다.

"처음 와봤어."

"정말로?"

"정말로."

그녀는 'STARBUCKS COFFEE'라고 적힌 가게 안으로 들어

가자 어린애처럼 눈에 빛을 띠고는 “굉장하네, 여기. 어떻게 되어 있는 거야?”라고 얌전한 목소리로 혼잣말을 하며 내 뒤를 따라왔다.

“어라? 주문 안 하는 걸까나…….”

계산대 앞에 늘어선 긴 줄을 지나쳤을 때, 뒤에서 목소리가 났다. 생각하고 있는 것이 자연히 입 밖으로 나오는 듯한 말투다. 이것도 혼잣말이려나 싶었지만, 나는 고개만을 뒤로 돌려서 말했다.

“먼저 자리를 잡아 두려고.”

“그렇구나.”

우리는 1층에 자리가 있는 가게에서 나와 가와도코로 발걸음을 옮겼다. 가모가와강에서 시원한 바람이 불어왔다.

“와아…….”

가모가와강과 교토의 거리 풍경이 한눈에 내다보이자 그녀한테서 환희에 찬 목소리가 새어 나왔다.

“굉장하네?”

그렇게 말하며 나를 올려다보는 그녀.

역시나 인기 있는 카페인 만큼 어느 자리도 다 차 있다. 가와도코에서는 시간이 천천히 흐르는지 시간을 보내는 방식은 다들 제각각이지만 강물이 졸졸 흐르는 소리나 시원한 밤바람을 피부로 느끼며 느긋하게 지내고 있는 것처럼 보였다.

“꽉 차 있네.”

그녀의 목소리 톤이 알아차릴 수 있게 낮아졌다.

분명 다른 층에도 자리가 있을 테니까 그쪽으로 이동할까?

그렇게 생각하여 시선을 움직였을 때, 가장 안쪽 자리가 비었다. 가모가와강에 제일 가까운 좋은 자리다.

"비었네."

"럭키~"

우리는 여름 교토의 특등석을 손에 넣었다.

커피 두 잔을 산 우리는 가와도코의 특등석으로 돌아왔다. 서늘한 바람이 뺨을 쓰다듬는 것처럼 불어서 "기분 좋네."라고 사키가 말했다.

시야에는 가모가와강과 산죠오하시와 그 너머로 줄지어 늘어선 산들이 보였다.

가모가와강 강변에는 소문대로 커플들이 일정한 간격으로 나란히 앉아 있다. 다른 커플의 목소리는 들리지 않지만 둘만인 건 아니라고 생각되는 거리일 것이다.

밤의 가모가와강은 조명이 켜진 가와도코의 빛이 내려와 아름답다. 밤하늘에는 오늘도 푸른 달이 얼굴을 내밀었다. 푸른 등불이 물에 비쳐 반짝반짝 빛나고 있다.

어쩐지 조금 특별한 기분이 들었다.

"몰랐어…… 어느새 생긴 걸까……."

그녀가 나직이 중얼거렸다.

나는 쿡쿡 웃고는 옆에서 테이블 정리 중인 녹색 앞치마를 걸친 점원분에게 말을 걸었다.

"죄송한데요, 여기는 언제 생겼나요?"

"이 가와도코 말인가요? 가와도코는 5년 전 정도부터 내기 시작했어요."

"멋지네요."

"감사합니다."

점원분은 생글생글 미소를 지으며 가볍게 고개 숙여 인사한 뒤 주방으로 돌아갔다. 예의 바른 점원분이네, 하고 생각했다.

"그렇다고 하네."

이쪽을 보고 있는 사키에게 말하자 사키는 한순간 당황한 듯한 얼굴을 곧장 미소로 바꾸고는 "고마워."라고 말했다.

"그렇게나 전부터 생겼었구나. 내일 학교 친구한테 자랑해야지!"

사키가 흐흥, 하고 콧소리를 내며 말했다.

"친구하고는 같이 안 와?"

"응. 놀러 가자고 말은 해주는데 난 사람이 붐비는 곳에 오는 걸 싫어해서 마을에는 거의 안 나와."

"뭐?!"

내 표정이 한순간에 굳어진 걸 사키는 금방 간파하고서는.

"하지만 싫다는 건 내가 그렇게 믿고 있었을 뿐인 것 같아. 오늘은 전혀 그런 생각 안 들고 무척 즐거워……."

"다행이다……."

나는 진심으로 안도하여 한숨을 내쉬었다.

반딧불이가 가와도코에 떠도는 것만 같이, 강을 따라 설치된 야외 테라스에 오렌지색 불빛이 점점이 켜져 있다. 강을 향해 튀어나온 것처럼 만들어진 가와도코 위에 있는 우리 주위에서 오렌지색 가로등이 아련하게 번져 어디서부터가 땅이고 어디서부터 하늘인지 경계선을 알 수 없었다.

"여기서 보이는 경치 정말로 예뻐…… 좋은 추억이 될 것 같아……."

땅에 발이 닿아 있는데도 허공에 떠 있는 듯한 신기한 공간 속에서 나는 오렌지색 조명에 비친 그녀의 옆모습이 훨씬 더 예쁘다고 느꼈다.

시간이 천천히 흘러간다.

우리는 대화를 계속했다.

나는 그녀에 관해 알고 싶은 것이나 묻고 싶은 것이 너무 많았다. 그녀도 나랑 같이 있으면 말수가 많아지는 모양이라 눈 깜짝할 사이에 시간이 지나갔다. 주위 사람들도 분명 그럴 것이리라. 깨닫고 보니 주위는 커플뿐이었다.

우리도 그렇게 보일까…….

"오늘 시합 이겼으려나?"

부드러운 목소리가 났다. 그녀가 중얼거리는 것처럼 말했다.

"오늘 교토 상가 시합이야?"

시합이라는 말을 듣고 축구가 떠올랐다. 그녀는 교토 상가의 열광적인 팬이다.

"응. 오늘 퍼플 상가 시합이 있는 날이야. 이겼으려나? 어떠려나? 신경 쓰여."

그녀가 궁금해하는 듯해 주머니에서 스마트폰을 꺼냈다.

"확인해 볼게."

야후를 켜려고 하자 그녀의 얼굴이 내 바로 옆으로 다가왔다.

가까워!

심장이 두근, 하고 소리를 냈다. 나도 모르게 몸을 뒤로 젖히고 말았다.

뚫어지게 스마트폰을 보는 그녀한테 "지금 확인해 볼 테니까."라고 한 번 더 말했다.

몸을 쑥 내밀 정도로 신경 쓰다니 축구를 엄청나게 좋아하는구나.

사키가 가까이 있는 건 기쁘지만 가슴 안쪽에서 계속 두근거리는 심장 소리가 그녀한테도 들리지 않을까 하고 걱정됐다. 떨리는 손가락에 힘을 주고 화면을 슬라이드했을 때 사키가 진지한 얼굴로 말했다.

"그거…… 뭐야?"

"뭐냐니? 스마트폰인데?"

"스, 마트폰?"

그녀는 '스'를 높게 말했다.

"몰라?"

"……처음 봤어."

농담이지?

사키의 기숙사는 휴대폰 금지라서 이런 것에 어두운 걸까. 그렇게 생각하며 나는 주위를 봤다. 가와도코에는 30석 정도가 있었다. 자리는 전부 다 차 있지만 스마트폰을 들고 있는 사람은 없었다.

전화기를 들고 있는 사람의 휴대폰은 피처폰뿐이다. 화면에 집중하고 있는 사람도 적다.

도쿄 카페에서는 커피를 마시며 스마트폰을 보는 사람이 많은데.

교토는 피처폰이 인기인가?

이상하게 생각하면서도 축구 시합 결과를 알아보고자 인터넷에 접속하려 했는데 접속이 안 된다. 스마트폰이 작동하지 않았다.

도쿄에서 산 스마트폰은 교토에서 쓸 수 없나? 아니아니, 그렇지는 않다. 낮에 할머니 집에서 유우야와 통화하지 않았던가.

그럼 여기는 전파가 닿지 않는 건가? 이런 시내 한복판에서? 그럴 리 없겠지…….

여러 가지로 생각해 봤지만 알 수 없었다.

그때 화면에 표시된 숫자 하나가 움직였다. 벌써 이런 시간인가.

"사키, 미안. 전파 상태가 안 좋아서 알아볼 수 없었지만, 상가 이기고 있으면 좋겠네."

"응! 분명 이기고 있을 거야! 나 믿고 있으니까!"

내 말에 그녀가 얼굴 한가득 미소를 지으며 대답했다.

그녀가 꽉 쥔 주먹을 보고 이만큼 응원해주는 팬이 있으면 선수들도 행복하겠네 싶었다.

"그럼 슬슬 갈까."

나는 자리에서 일어면서 사키한테 말을 했다.

"응."

우리는 가게를 나왔다.

너무나도 아늑해서 여기서 하루를 끝내 버릴 것 같았기 때문이다.

그러고 나서 우리는 사키의 추천으로 신쿄고쿠(新京極)에 왔다.

"한 번, 와보고 싶었거든……."

그렇게 말하는 그녀는 정말로 교토 여자애인 걸까?

눈에 비치는 것 전부가 신기한 모양이다. 그녀는 맑은 눈동자를 반짝이고 있다.

우리는 일본 전통식 느낌의 잡화가 늘어선 가게로 들어갔다. 동전 지갑의 다양한 색채도, 손수건의 꽃무늬도 컬러풀하지만 교토답다. 그것들이 소녀의 마음을 간지럽히는지 사키의 뺨이 점점 헤벌쭉해졌다.

"기념으로 뭔가 사고 싶은데……. 으음~ 못 정하겠어. 케이이치 군, 이곳저곳 둘러봐도 될까?"

"그래."

이곳저곳 둘러보고 싶다는 사키의 요청에 답하여 우리는 신쿄고쿠에 있는 잡화점 여러 곳을 돌아봤다.

길눈이 어두운 우리는 어느샌가 신쿄고쿠에서 테라마치 거리(寺町通)를 빠져나와 머리 위에 니시키 시장(錦市場)이라 적힌 커다란 시장으로 헤매어 들어왔다. 시장은 이미 문을 닫은 상태였다.

"여기 아니지?"

"응, 잘못 온 것 같아."

음식 냄새가 감도는 시장에서 발걸음을 되돌리려 했을 때, 아케이드 입구에 있는 절임 반찬 가게 앞에서 정리 중이던 주인과 눈이 마주쳤다. 내가 고개를 꾸벅 숙이자,

"형씨, 누님, 이거 가져가세요~"

그렇게 말하고는 오이 아사즈케* 꼬치를 주었다.

* 오이, 무 등을 단시간 절여 만드는 음식

"괜찮나요?"

"괜찮아요, 괜찮아. 남아도 별수 없고 말이야."

"와~ 저 아사즈케 진짜 좋아해요. 감사합니다!"

사키는 오이가 꽂힌 꼬치를 손에 들고 천진난만하게 기뻐했다.

아사즈케를 매우 좋아함, 이라고 나는 머릿속에 메모했다.

"형씨는~?"

"저도 좋아해요."

"참말로?"

"참말로는 처음 먹어 보네요."

"이거 맛있어요. 데이트에도 딱이야."

데이트에 오이라.

"지금 데이트인데 오이가 뭔 상관이냐고 생각했지?"

"네? 아하하하."

머릿속을 간파당해 웃으며 얼버무렸다. 그러자 형은 카하하, 하고 웃은 뒤.

"그게 좋은 거다! 데이트에는 오이지!"

교토는 음전하기만 한 게 아니라 기세도 있어서 재미있다.

그렇게 생각하는데 주인이 살며시 귓속말했다.

"누님 예쁘구만. 데이트지? 풋풋해 보여서 평소에는 안 주는데 내도 모르게 줘버렸네. 오이의 신도 붙어 있으니까 힘내요. 형씨!"

눈을 마주친 우리는 굳게 악수했다. 교토는 역시 좋은 곳이라고 나는 강하게 느꼈다.

오이를 다 먹은 우리는 테라마치산죠에 있는 부채 전문점에 가보기도 하고, 수제 비누 가게에 들어가 보기도 하는 등 이 마을에만 있을 것 같은 가게를 즐겼다.

결국 사키는 꽃무늬가 오돌토돌하게 입체적으로 만들어진 비단 북 커버를 사서 도중에 발견한 작은 책방에서 문고본을 샀다. 그리고 여기에 넣어서 읽을 거야…… 라고 행복한 듯이 말했다.

"어라? 책 좋아했던가?"

나는 그렇게 물었다. 분명 만화만 본다고 했던 기억이 있다.

"실은 문고본 산 거 처음이야."

조금 쑥스러운 듯이 사키가 말했다.

"그렇구나. 어떤 심경의 변화야?"

"왜냐면 이 북 커버에 만화책은 안 들어가잖아?"

"확실히."

어지간히 꽃무늬 북 커버가 마음에 든 것이리라.

그녀가 산 문고본은 연애소설이었다.

"어째서인지는 잘 모르겠는데 이 책에 끌렸어."

그렇게 말하고 그녀는 비닐봉지에서 문고본을 꺼냈다.

문고본 띠지에는 사랑의 언어가 적혀 있었고 아름다운 표지로 되어 있다. 표지 그림은 약간이지만 사키가 그리는 그림과 비슷했다.

"예쁜 표지네."

나는 그녀의 손안에 있는 문고본을 들여다보며 말했다.

"응. 쭉 보고 있고 싶어질 정도로 예쁜 그림이지."

정말로 그렇게 생각한다.

사람을 끌어당기는 훌륭한 일러스트였다.

"게다가 이 띠지에 적힌 말도 멋져."

띠지?

그녀의 말을 듣고 나는 띠지에 눈길을 줬다.

"세상에서 단 한 사람인 너에게?"

띠지에 늘어선 글자를 소리 내어 읽자 그녀는 행복한 듯이 미소 지었다.

"이 말…… 운명의 사람에게 보내는 말 같지 않아?"

그녀는 부드럽고 세심하게 말을 자아냈다.

"그러네."

"나도 언젠가 이런 식으로 생각할 수 있는 사람이랑 사랑을 할 수 있다면 좋겠어……."

"……응."

'세상에서 단 한 사람인 너에게'인가…….

그 말이 내 마음을 천천히 뜨겁게 만들어 가는 것을 알 수 있었다.

이 넓은 세상에서 단 한 사람이라고 생각할 수 있는 사람과 만나 서로에게 이끌리는 기적이 일어날 확률은 몇 퍼센트 정도일까?

만약 그 기적이 이루어지는 책이 있다면 나는 읽어 보고 싶다고 생각했다.

운명의 사랑이 이루어지는 방법을 나한테도 알려줬으면 한다.

"어떤 책일까…… 기대돼."

사키는 문고본을 사랑스러운 듯이 바라보며 중얼거리고는 들고 있던 비닐봉지에 책을 넣은 뒤 나를 봤다.

"그러고 보니 케이이치 군은 책 읽는 사람이던가?"

"응. 유행하는 책정도지만."

"추천하는 책 있어?"

"추천하는 건 말이지……."

그녀에게 추천하는 책을 알려주며 우리는 교토 시내를 걸었다.

천천히, 하지만 확실하게 시간이 지나간다.

즐거운 시간은 지나가는 게 빠르다.

기념으로 게임 센터에 들어가 같이 스티커 사진을 찍고 게임 센터에서 나오자 상점가에 있는 시계는 9시를 가리키고 있었다.

영업 중이던 점포도 이미 셔터를 내려 분주함을 보였던 상점가는 셔터 거리로 변해 있었다.

아라시야마의 밤보다도 길 것 같았던 교토 시내의 밤도 벌써 끝이구나…….

색채를 바꾼 마을을 보며 쓸쓸함을 느끼고 있는데,

"벌써 시간이 이렇게 됐네! 큰일이야! 전철 늦겠어!"

그 목소리와 동시에 텅, 하고 등에 충격을 느꼈다.

"꺄앗!"

봤더니 모르는 여자애가 나한테 부딪쳐 넘어져 있었다.

그 애는 동갑이거나 약간 나보다 어려 보였다.

"괜찮아?"

나는 그녀에게 손을 뻗었다.

엉덩방아를 찧은 그녀는 나를 올려다보더니 새빨개진 얼굴로,

"감사합니다."

그렇게 말하고는 내 손을 잡았다. 나는 팔에 힘을 주어 여자애를 일으켜 세웠다.

"아앗, 죄송해요. 정말~ 뭐 하는 거야, 나나. 빨리 가자!"

"응. 미안. 저기, 죄송했습니다."

나중에 온 친구와 함께 두 사람은 상점가로 뛰어갔다.

"방금 전 그 사람 봤어?", "멋있었지." 그런 대화를 하면서.

그렇겠지. 여자애는 이제 귀가할 시간이지…….

그렇게 생각하며 뛰어가는 그녀들을 보고 있는데 옆에서 시선이 느껴졌다.

살며시 시선을 옮기자 사키가 나를 물끄러미 보고 있었다.

"왜 그래?"

"……으응, 아무것도 아니야."

그녀는 고개를 저었다.

"그럼 갈까."

"응."

우리는 특별히 정해진 목적지가 없어서 아무 말 없이 아케이드를 나왔다. 시야가 트여 올려다본 밤하늘에는 오늘도 푸르고 아름다운 달이 빛나고 있었다. 반짝이는 별이 밤하늘에 온통 뿌려져 있다.

"……돌아갈래?"

나는 옆에 나란히 선 사키에게 말했다.

그녀는 몇 초 침묵한 뒤 "……응."하고 대답했다.

그러고 나서 그녀가 걷는 속도가 느려졌다. 눈을 내리깔고 이쪽을 보지 않는다.

그녀가 쓸쓸함과 아쉬움을 느끼고 있다고 생각하는 건 내 제멋대로인 희망이라는 걸 알고 있다. 하지만…… 나는 말하고 싶어져 버렸다.

"……만약 말인데."

"뭔데?"

그녀가 고개를 팍 들었다.

"만약 사키의 시간이 괜찮다면."

"……응."

"한 군데만 더 가고 싶은 곳이 있는데."

내 제안에 사키는 미소로 대답해 주었다.

"……갈래!"

우리는 교토카와라마치역으로 가서 아슬아슬하게 들어온 다홍색 전철에 올라탔다. 전철이 덜커덩 소리를 낸 뒤 움직이기 시작했다.

가쓰라역에서 아라시야마선으로 갈아타고 아라시야마역 한 정거장 앞인 마쓰오역에서 내렸다.

마쓰오역 플랫폼에는 사람이 없었다. 아무도 없는 개찰구를 빠져나가자 눈앞에 '프루트 카페'라는 간판을 낸 가게가 있다. 그 앞에서 걸음을 멈춘 그녀가 걱정스러운 듯이 목소리를 냈다.

"케이이치 군 여기는?"

그런 생각이 드는 것도 당연할 것이다. 이 역에는 관광지 특유의 화려함은 없다. 교토에서 사는 사람들을 위해 존재하는 조용한 마을이니까.

"사키, 스즈무시데라(鈴虫寺)에 가본 적 있어?"

"아니, 없어."

"지금 가볼까 해."

"스즈무시데라*라니, 멋진 이름의 절이네. 좋아. 가보자."

그녀의 미소를 볼 수 있어서 나는 안도했다.

어제 아카네를 돌봐줬을 때 아카네가 '마지막으로 가고 싶은 곳이 있는데'라면서 나를 데리고 간 곳이 스즈무시데라였다.

어제는 낮에 갔기에 하늘이 쨍쨍해서 더웠다.

나와 아카네는 눈 부신 햇살에 감싸여,

'진짜 덥네~'

땀을 흘리며 스즈무시데라로 향한 것이다.

열기가 감도는 여름의 더위를 누그러뜨리고자 나는 입을 다물고 있는 아카네에게 말을 걸었다.

'스즈무시데라라는 건 방울벌레를 키우고 있는 절이라는 건가?'

'아니야'라는 대답을 예상하면서 그렇게 말했는데 아카네는 태연하게 '맞아'라고 대답하고는 이야기를 계속했다.

'경내에는 6,000마리나 있다는 모양이야. 1년 내내 방울벌레가 울고 있어서 스즈무시데라라고 불리고 있대.'

여러 가지로 깜짝 놀랐다.

'아카네 너 방울벌레 좋아했던가?'

---

* 스즈무시는 일본어로 방울벌레

'그런 이유로 가는 게 아니래도! 정말! 오빠는 입 다물고 따라와!'

여름 더위에 지쳐 성질이 급해진 아카네는 내게 격노했다.

이쪽이 어울려 주고 있는 거래도 요 녀석이.

아카네의 오빠는 내가 아니면 맡을 수 없을 것이다. 언제나 생각한다. 진심으로 생각한다.

어제와는 전혀 다르게 오늘은 별이 내리는 듯한 조용한 여름밤이었다.

서늘한 공기가 주위에 감돌고 있다. 우리는 스즈무시데라를 향해 걸어가고 있었다.

아카네와 갔을 때는 역에서 스즈무시데라까지 20분 정도 걸렸을 것이다. 지금은 밤이니 가능하면 일찍 도착하고 싶다. 사키가 사는 기숙사 통금 시간을 알아 버렸으니까 그전까지는 그녀를 바래다주고 싶다.

큰 거리로 나왔을 때 '스즈무시데라행'이라 적힌 시내버스가 우리 옆을 지나쳐서 갔고 그 버스는 5m 정도 앞에 있는 버스 정류장에 천천히 정차했다.

"사키, 저거 타자!"

나는 먼저 뛰어가서 버스를 세우고 외쳤다.

"죄송합니다, 탈게요!"

버스에 올라탄 우리는 가장 뒷자리에 나란히 앉았다. 좌석이 높아 차내를 한눈에 볼 수 있다. 버스에 같이 타고 있는 건 퇴근하는 샐러리맨 한 명과 직장인 같아 보이는 여성 두 명. 그리고 대학생으로 보이는 남자뿐이었다. 한산하네…….

"버스 타는 거 오랜만이야~"

별생각 없이 차내를 바라보고 있자 옆에 있는 사키가 나직이 말했다. 나는 시선을 옆으로 향한 뒤,

"진짜? 나는 매일 타는데."

"좋겠다아."

"안 좋아. 지금처럼 한산하면 이야기는 별개지만. 매일 혼잡하고."

"손잡이에 매달려 있어?"

"그런 거 같아. 평소에는 앉질 못해."

"옆에는…… 여자애도 있어?"

"그야 있지."

남자애도 여자애도 뒤섞여 있다.

통학 시간은 전철도 버스도 사람으로 넘쳐나는 게 보통이라고 생각했는데 교토는 다른가?

아, 사키가 대중교통을 타고 등교하지 않는 것뿐인가. 그렇게 깨달았을 때 그녀가 말했다.

"그럼…… 싹트는 상황도 있어?"

나는 쿨럭, 하고 기침해버리고 말았다.

"괜찮아?!"

"괜찮아……."

조금 전에 연애소설을 산 탓일까?! 그녀가 그런 말을 꺼내기 시작했다.

흐트러진 호흡을 가다듬으며 그 생각은 여자의 발상이네, 하고 생각했다.

확실히 버스 안에서 다른 학교의 귀여운 여자애를 발견하여 기뻐하는 친구도 있었지만 내게는 사람들로 꽉 찬 대중교통 안은 그저 좁고 갑갑해서 불쾌한 공간이었다. 거기서 사랑을 찾을 생각 같은 건 조금도 없었다.

"사랑이…… 싹튼 거야?"

대답하지 않는 내게 사키가 조심스레 물었다.

재차 내게 날아온 사랑 이야기에 나는 격하게 동요해 버렸다. 나는 자기 이야기를 하는 게 껄끄럽다. 특히 사랑 이야기는 아주 껄끄럽다.

"안 싹터."

이 이상 이야기가 확장되지 않도록 쌀쌀맞게 말했는데도 사키는 물고 늘어졌다.

"그러고 보니…… 케이이치 군은 ……여자친구 있던가?"

이미 여자친구가 있으니까 대중교통 안에서 새로운 사랑이 싹트지 않는 거라고 생각한 걸까. 양쪽 다 오답이다.

"없어. 있었으면……."

거기까지 말했다가 옆에 앉은 그녀를 봤다.

문득 사키의 등에 천사 같은 작은 날개가 보인 듯한 느낌이 들었다. 그녀는 그걸 등에 감추더니 동그란 눈동자를 내게 향하고는 고개를 갸웃하며 되물었다.

"있었으면?"

"지금 이런 식으로 사키랑…… 같이 놀고 있지 않았을 거야."

"……성실하구나."

그녀의 목소리가 흐려진 느낌이 들었다.

"성실한가? 그런 거에 소질이 없을 뿐이야."

게다가 지금의 내게는 흑심이 있다.

아직 그녀랑 같이 있고 싶다. 맑은 그 목소리를 더 듣고 싶다. 사랑스러운 미소를 더 보고 싶다.

——그런 맑고 순수한 흑심이.

"케이이치 군의 여자친구가 될 애는 무척…… 행복하겠지……."

차창 너머로 보이는 밤하늘에 반짝이는 별한테 가르쳐 주는 것처럼 그녀가 하늘을 향해 중얼거렸다.

그녀는 지금 어떤 표정을 하고 있을까? 등을 돌린 그녀의 표정이 내게는 보이지 않는다. 이쪽을 봐줬으면 했다.

차창에 그녀의 그림자가 어렴풋이 비친다. 창 너머로 비치는 그녀의 눈동자는 서글프게 흔들리는 것처럼 보이기도 했다.

그녀는 지금 무슨 생각을 하고 있는 걸까?

누구를 생각하고 있는 걸까?

'케이이치 군의 여자친구가 될 애는 무척…… 행복하겠지…….'

만약 진심으로 그렇게 생각해 주는 거라면 나는 사키를 누구보다도 행복하게 만들 텐데.

그런 표정 절대로 안 짓게 할 텐데.

나는 무심코 목소리가 되어 나올 것 같은 강한 마음을 억지로 삼키고 주머니 속에 있는 작은 부적을 꽉 쥐었다.

그건 '행복지장'이라고 적힌 스즈무시데라에서 받은 노란색 부적이다.

주머니 안에서 힘을 나눠 받는다.

——'스즈무시데라에는 말이야, 마법이 걸려 있어.'

오늘 내가 마지막으로 이곳에 오고 싶었던 건 여동생이 한 말을 믿고 싶어졌기 때문이다.

버스 정류장에 도착했다.

우리는 버스에서 내려 스즈무시데라로 이어지는 샛길을 걷고 있었다. 도중에 물이 흐르는 소리가 들려왔다. 소리가 나는 곳 근처까지 걸어가니 깨끗한 개울이 있었다. 작은 다리가 놓여 있다.

우리는 그곳을 지나 길을 따라 걸었다.

하늘은 어두웠지만, 오늘도 푸른 달이 우리한테 빛을 전해 주고 있었다. 하늘 높이 뻗은 대나무숲 위의 커다란 보름달이 교토의 밤 풍경에 대한 향수를 불러일으키고 있다.

푸른 공간은 일상의 색을 엷고 묽게 만든 것처럼 보이기도 한다. 아련하고 덧없는 이 세계를 연출한다.

이 여름은 역시 특별한 여름이다. 나는 그렇게 느끼지 않을 수 없었다.

'스즈무시데라'라고 적힌 석상이 서 있다. 그 안쪽에는 긴 돌계단이 있다.

"계단 조심해."

"응."

한 단 앞을 걷는 내 뒤를 따라오는 듯한 모양새로 그녀도 계단을 올라갔다.

"어둡네."

"그러네. 괜찮아?"

"응…… 잘 안 보이지만 괜찮아."

돌계단 옆에는 가지를 우산처럼 펼친 나무들이 이쪽을 내려다보는 듯이 서 있다. 마치 신록으로 가득한 숲속에 긴 돌계단을 만든 듯한 착각에 빠질 것 같은 이곳에는 달빛도 닿기 어려워서.

오르기 시작한 계단은 특히 발치가 잘 보이지 않았다.

한번 올라간 적이 있는 나와는 달리 처음 올라가는 돌계단에 그녀는 당황하고 있다.

"사키."

문득 보인 위태위태한 발걸음에 나도 모르게 그녀를 향해 손을 뻗어 버렸다.

그녀는 내가 내민 위를 향한 손바닥을 보고는 조금 망설인 뒤,

"……고마워."

내 손에 자기 손을 겹쳤다.

나는 살며시 그 손을 감쌌다.

매끄러운 손이 내 손안에 있다. 생각했던 것 이상으로 작은 손에 가슴이 두근두근해서 괴로워지고 뺨이 뜨거워지기 시작했다.

나는 앞을 보고 걸었다. 조금씩 본당이 가까워진다.

계단을 다 오르자 시야가 트였다. 올라간 곳에 스즈무시데라의 문이 있다.

문은 굳게 닫혀 있어서 안에 들어갈 수는 없다. 문 옆에는 눈부실 정도의 조명을 받은 행복지장이 있다.

나는 이 지장보살을 만나러 온 것이다.

"이 지장보살 어째 눈부시네."

뒤에서 비추고 있는 빛 때문에 그렇게 보이는 건지, 지장보살이 가진 파워가 우리를 압도하고 있는 것인지는 모르겠지

만, 나도 그렇게 느끼고 있었다.

오른손에 석장(錫杖), 왼손에는 보주, 발에는 짚신을 신고 있다. 짚신을 신은 지장보살은 일본에는 이 지장보살뿐이라는 것 같다.

어제 낮에 스즈무시데라에 왔을 때는 본당 안에 들어갈 수 있었다. 거기서는 주지 스님의 설법을 들을 수 있다. 나는 그 말을 떠올리며 사키에게 전했다.

"이 지장보살은 '행복지장'이라고 하는데 말이야."

"응."

"이 지장보살한테 소원을 빌면 지금 꼭 이루고 싶은 소원을 딱 하나만 이루어 준대."

나는 주머니에서 어제 산 노란색 부적을 꺼내 살며시 사키한테 건넸다.

"이건?"

지장보살을 비추는 빛이 사키를 비추고 있다.

"부적이야. 소원을 빌 때도 쓴대."

"어떻게 하는 거야?"

나는 노란색 부적 중앙에 적힌 '행복가호' 글자를 가리켜,

"'행복가호'의 행 부분을 내미는 것처럼 손으로 감싸서 들어."

"이렇게?"

"응. 그래. 그렇게 해서 소원을 비는 거야. 소원은 단 하나

만."

"하나만……."

"소원을 빌고 나면 자기 이름과 주소를 말해. 이 지장보살은 짚신을 신고 있잖아? 소원을 이루어 주러 집까지 온대."

"그렇구나."

그녀의 눈동자에 빛이 깃들었다.

어제 아카네가 이곳에 나를 데리고 왔을 때, 아카네는 이 신사에는 마법이 걸려 있다고 말했다.

'누구의 소원이든 딱 하나만 이루어 주는 마법이야'라고.

중학생에게 전해지는 소문 이야기는 불교의 장벽도 판타지의 장벽도 뛰어넘어 소녀틱하게 완성되어 있었다.

'친구도 여기에 와서 소원을 빌고 남자친구 생겼대.'

그렇게 말하고 뺨을 물들이는 여동생한테,

'야, 야, 중학생한테 남자친구는 너무 이르잖아.'라고 딴지를 걸고 싶어졌다. 뭐, 나 때도 중학생 때부터 이성 친구를 사귀는 녀석은 있었지만, 여동생이라면 이야기는 별개다.

거기까지 말하자 아카네는 진지한 표정으로 눈을 감고 부적을 사이에 끼운 손에 힘을 준 뒤 고개를 숙였다. 잠시 후 고개를 들고는,

'오빠는 소원 안 빌어?' 내게 그렇게 물어서 '나는 됐어.'라고 대답했다.

딱히 빌고 싶은 소원은 없었다.

그때, 내 머릿속에는 사키가 있었다. 방금 막 산 참인 부적을 그녀에게 주고 싶다고 생각하고 있었다.

나는 소원을 비는 여동생한테 사키를 겹쳐 보고 있었던 것이다.

사키의 소원을 이룰 수 있다면 이만큼 행복한 일은 없다.

낮의 소원이 지금 이루어졌다.

사키는 행복지장을 향해 부적의 '행' 자를 들고 고개를 숙이고는 소원을 빌고 있다.

아카네와는 대조적으로 그녀의 표정은 부드러웠다.

살짝 입꼬리를 올리고 눈도 가볍게 감고 있다.

분명 그녀에게 있어 단 하나뿐인 행복을 빌고 있는 것이리라.

사키의 소원은 뭘까?

혼자서 푸른 샘 가장자리에 쪼그려 앉아 별을 건지고 있던 그녀.

달을 보고, 전통 초 같은 교토 타워를 보고, 달에 있는 어머니와 함께 자신의 생일을 축하하는 그녀.

'짠. 여기가 내 집이야.'

그렇게 말하고 히나타 기숙사에서 팔을 펼치며 누구도 그릴 수 없는 아련한 색의 그림을 그리는 그녀.

'란덴에 타는 거 처음이야.'

전철도 버스도 타지 않고 교토 시내에도 가지 않는다.

그런 그녀가 단 하나 이루고 싶다고 바라는 건 뭘까.

본당에서 희미하게 방울벌레의 음색이 울려 퍼진다.

방울벌레는 야행성으로 이 울음소리는 수컷이 암컷을 끌어들이기 위해 우는 것이라고 주지 스님이 말했던가…….

밤이 되면 방울벌레들은 쉰 소리로 우는 듯하기도 하고 끊어지는 소리로 우는 듯하면서도 세상에서 가장 아름다운 음색을 연주하며 울기도 한다. ――사랑하는 상대를 향해서.

그 모습은 나와 마찬가지다.

좋아한다는 말은 하지 못하고 하지만 마음은 계속 커져서 그녀 옆에서 다른 말을 하고 있다.

이 마음이 전해지길, 전해지길, 하고 바라는 것처럼…….

"소원 비는 거 끝났어. 케이이치 군은 괜찮아?"

그녀의 목소리로 제정신을 차렸다. 소원을 다 빈 그녀는 나를 보고 있었다.

"나는 괜찮아."

"그렇구나. 어제 여동생이랑 같이 왔다고 했지? 그때 소원 빌었어?"

"응. 맞아."

나는 거짓말을 했다.

"다행이다. 그럼 이거 돌려줄게. 고마워."

사키가 노란색 부적을 내게 내밀었다. 나는 받지 않고 작게 고개를 저어 "가지고 있어 줘."라고 말했다.

"그래도 돼?"

"부적에는 행복지장의 화신인 지장보살이 들어가 있대. 부적을 가지고 있는 사람을 지켜 준다는 듯하니까."

"……고마워. 그럼 계속 가지고 있을게."

내게 미소 지어 준 뒤 그녀는 손안에 있는 부적을 사랑스러운 듯이 바라봤다.

달빛에 비친 그녀는 투명하게 비쳐 보이는 것처럼 아름답다.

내 마음은 행복한 기분으로 가득 차 있었다.

"그리고……."

나는 부적을 넣고 있었던 주머니의 반대편 주머니에 손을 넣어 작은 봉지를 꺼냈다.

"괜찮으면 이것도."

살며시 그녀에게 건넸다.

"어?"

어리둥절한 표정으로 이쪽을 보는 사키.

"어제 발견했어. 사키한테 어울리겠다 싶어서……."

사실은 건네지 않을 생각이었다. 갑자기 주면 곤란하려나, 하고 생각했다.

하지만 만약 계기가 있다면…… 건네주고 싶다.

그렇게 생각했던 나는 그걸 주머니 속에 넣어 두고 있었던 것이다.

"받아도 괜찮은 걸까……."

작은 봉지를 눈앞에 두고 망설이는 그녀에게 나는 "물론이야."라고 대답했다.

사키를 위해 산 것이니까 가능하면 받아 줬으면 한다.

"열어 봐도 돼?"

봉지를 받아 든 사키가 조심스럽게 말했다. 나는 조용히 고개를 끄덕였다.

"와아……."

봉지 안을 본 그녀가 감탄하는 목소리가 들려왔다.

그 안에는 별 모양 머리핀이 들어가 있다.

머리를 고정하는 부분에 커다란 별이 달려 있고, 거기서 내려오는 가느다란 줄에 매달린 작은 별이 반짝이는 머리핀이다.

어제 가게에서 이 머리핀을 봤을 때 나는 사키를 떠올렸다. 아카네가 옆 가게에 들어간 순간에 계산대로 가지고 간 것이다. 충동적인 행동에 스스로도 놀라면서 계산을 끝마쳤다.

그때는 어째서 이걸 산 건지 알 수 없었지만 지금의 나라면 알 수 있다.

나는 사키가 기뻐하는 얼굴을 보고 싶었던 것이다.

"머리핀?"

그렇게 말하면서 그녀는 그걸 살며시 들어 올렸다.

눈앞에 커다란 별과 작은 별이 나타났다.

큰 별 아래에 있는 작은 별들을 얹은 가느다란 줄이 바람을 타고 흔들렸다.

봉지 안을 들여다봤을 때는 분명 큰 별밖에 보이지 않았던 것이리라. 들어 올린 머리핀에서 가느다란 줄이 드리워져 있고 거기에 작게 반짝이는 별이 있다는 걸 알아차린 그녀는 목소리를 내는 것을 잊은 모양이었다.

사키는 입을 살짝 벌리고 머리핀을 물끄러미 보고 있다.

한 마디도, 아무 말도 하지 않고.

사키라면 분명 '예뻐'라든가 '기뻐'라든가 그런 말을 해줄 것 같은 느낌이 들었기에 나는 선물을 잘못 골랐나 싶어 초조해졌다.

"마음에 안 들었어?"

내 목소리에 고개를 도리도리 가로저은 그녀의 눈동자가 반짝인 것처럼 보였다.

그녀는 입을 꾹 다물고 있다.

긴 속눈썹 안쪽에 눈물이 깃들어 있다.

"어, 사키?"

"어째서……."

내가 그녀의 이름을 부른 것과 그녀가 목소리를 낸 건 동시였다.

그녀의 눈동자에 눈물의 막이 찼다. 그건 순식간에 부풀어 올라 눈을 깜빡인 순간, 그 눈물은 줄기가 되어 뺨에 주르륵 흘렀다.

'어째서.'

채 말이 되어 나오지 않는 그녀의 목소리가 한 번 더 들린 듯한 느낌이 들었다.

살짝 열린 입술과 가느다란 어깨가 떨리고 있다.

그녀는 손안에 있는 머리핀을 보고 울고 있었다.

그녀가 흘리는 눈물의 의미는 나는 알 수 없었지만, 나는 그녀의 눈물을 닦아 주고 싶다고 생각했다.

살며시 오른손을 움직여 봤다. 손이 떨리고 있다. 자기 손인데도 남의 손 같다.

어찌어찌 힘을 주어 움직인 오른손으로 그녀의 뺨에 흐르는 눈물을 닦으려 했을 때 그녀가 한 걸음 앞으로 내디뎠다.

달콤한 냄새가 살랑 감돈 뒤, 내 가슴에 그녀 이마가 톡 부딪쳤다.

뜨거운 숨이 목을 타고 나왔다.

심장이 폭발할 것 같다.

손은 이미 움직일 수 없어서 나는 우뚝 선 채다.

나한테 살짝 체중을 맡긴 사키는,

"어째서……."

말을 잊은 어린아이처럼 몇 번이나 '어째서'를 반복했다.

그리고 그대로 아무 말도 하지 않고 조용히 눈물을 흘리고 있었다.

하늘에는 별이 반짝이고 있다. 푸른 달에 비친 별의 파편이 내려온다.

그녀가 푸른 경치 속으로 아련하게 덧없이 사라질 것만 같아서 나는 한 손으로 그녀를 살며시 끌어당겼다.

그렇게나 움직이지 않았던 손이 지금은 그렇게 하는 것이 당연하다는 것처럼 슥 하고 나왔다.

우리는 서로 체온을 나눴다.

그녀는 내 품 안에서 그저 계속해서 울었다.

"미안해……."

"사과를 너무 많이 한다니까."

"응…… 그렇지만."

그 후 우리는 스즈무시데라를 나와 아라시야마로 돌아왔다.

아라시야마역에서 하차하여 기숙사를 향해 걷고 있다.

모든 가게가 문을 닫아 셔터 거리가 된 마을에서 들려오는 건 우리의 목소리와 발소리뿐이었다.

그녀는 조용한 밤길을 걸으며 스즈무시데라에서 갑자기 운 것을 몇 번이나 사과했다.

"너무 신경 쓰는데. 인제 그만 잊는 게 어때?"

내가 그렇게 말하자 그녀는 걸음을 멈췄다.

그녀의 발치에 수많은 하얀 빛이 켜져 있었다. 그건 다리를 비추는 조명이다.

우리는 어느샌가 도게쓰 다리까지 걸어온 모양이다.

“분명 못 잊을 거야.”

“어?”

“나 말이야…… 설령 우연이라고 해도 기뻤어.”

그녀는 무언가를 떠올리는 것처럼 그렇게 말했다.

그녀가 한 말의 진상을 확인하고 싶었지만, 이 이야기를 다시 화제로 삼아 또 사키가 울었다가는…… 하는 생각에 캐물을 수는 없었다.

“그렇구나.”

나는 그 말만 하고는 빛이 뻗어 오는 쪽을 올려다봤다.

딱 도게쓰 다리 바로 위에 푸른 보름달이 빛나고 있다.

아라시야마의 경관에 정취를 곁들이는 도게쓰 다리에서 올려다보는 블루문은 특히 아름다웠다.

다리 위에 걸린 푸른 보름달은 아라시야마의 풍경에 녹아들어 있다. 마치 그곳에 존재하는 것이 당연한 것처럼 느껴지기도 한다.

잠시 둘이 함께 달을 보고 있었다.

그런 우리를 푸른 빛이 감싼다.

천천히 시간이 흘러간다.

"흐림 한 점 없는 밤하늘에 뜬 저 둥근 달이 밤하늘을 건너가매, 마치 다리를 건너는 듯하구나."

한숨이 나올 정도로 아름다운 풍경을 넋을 잃고 보고 있는 내 옆에서 그녀가 나직이 중얼거렸다.

"지금 거 뭐야?"

시선을 옆으로 옮겨 그녀에게 물었다. 그녀는 나와 눈을 마주치고.

"옛날에 엄마가 가르쳐 줬어. 도게쓰 다리라는 이름의 유래가 된 거래."

달 이야기를 하는 그녀한테 미소가 돌아와 있다. 나는 휴, 하고 안도한 뒤 이야기를 계속했다.

"처음 들어봐. 어떤 의미인데?"

"옛날에 이 강에서 말이야, 보름달이 뜬 날 밤에 뱃놀이를 하던 천황님이 밤하늘을 올려다보고 '흐림 한 점 없는 밤하늘에 뜬 저 둥근 달이 밤하늘을 건너가매 마치 다리를 건너는 듯하구나'라고 말했대. 그건 지금 말로는 '달이 다리 위를 건너는 것 같다'라는 의미인데."

"응."

"달이 다리 위를 건너가는 것처럼 보였으니까 이 다리 이름을 '도게쓰 다리'라고 정한 거래."

"그렇구나."

달이 건너는 다리라서 도게쓰 다리인가…….

어찌 이렇게나 아름다운 이름일까.

우리 머리 위에서 빛나는 보름달은 분명 가쓰라강이 흐르는 동쪽에서 나와서 다리 위를 지나 서쪽의 산 그늘로 숨는 것이리라.

옛날 사람도 이 아름다운 경치에 매료되어 그 아름다움에 걸맞은 이름을 이 다리에 붙인 것이라고 생각했다.

"도게쓰 다리라는 이름의 유래는 교토에서는 유명한 이야기야?"

나는 그렇게 물었다.

"어떠려나? 우리 엄마는 달이랑 별을 정말 좋아했으니까 때마침 알고 있었던 것일지도 몰라."

"그렇구나."

커다란 보름달을 머리 위에 내건 도게쓰 다리는 오늘도 조용히 그 장소에 서 있다.

주역은 다리 위에 서 있는 너야, 라고 말해 주고 있는 것만 같은 조신하면서도 아름다운 경관과 그것들을 계속해서 지키고 있는 아라시야마를 나는 또 좋아하게 되었다.

"오늘은 특히 더 예쁘네."

밤하늘을 올려다보며 사키가 말했다.

"응. 달이 푸르기 때문이지 않을까."

내 말에 고개를 끄덕인 사키의 눈에 더 이상 눈물은 없다.

"푸른 보름달이 뜨는 날에 도게쓰 다리에서 달을 볼 수 있다니 역시 오늘 오길 잘했어.”

혼잣말처럼 중얼거린 사키의 말을 나는 분명 잊지 않을 것이다.

나도 같은 생각을 하고 있으니까 말이다.

그러고 나서 우리는 도게쓰 다리를 건너 사소한 대화를 나누며 아라시야마 가도를 북쪽으로 걸어갔고 눈 깜짝할 사이에 숲에 도착했다.

우리는 산길을 걷고 무성한 숲을 빠져나가 그 안쪽에 있는 푸른 샘으로 향했다.

하늘은 흐림 한 점 없이 맑아서 별도 반짝일 정도로 아름다운데도 산길은 습기를 띠고 있었다.

분명 샘물가의 땅도 아직 질척거리는 상태일 것이다.

나는 나무 위에 있는 투명한 우산을 가지러 가려고 하는 사키를 멈춰 세우고 말했다.

“내가 갔다 올게.”

“하지만.”

“괜찮으니까.”

이미 내 스니커즈는 더러워졌으니까 그녀의 신발까지 더럽히고 싶지 않다.

나는 샘으로 향했다.

종이가 남아 있을지, 남아 있지 않을지 내심 두근두근했다.

푸른 달의 달빛이 가장 많이 닿는 장소에 왔다. 밤이 시작되고 얼마 지나지 않았을 때, 나는 이 장소에 우산과 편지를 놓아뒀다.

우산 밑을 살펴보니 하얀 종이는 그곳에서 잠들어 있었다.

아무도 가지러 오지 않았구나…….

사키의 첫사랑 상대는 오늘도 오지 않았다는 것이 된다.

그건 기쁜 일일 터인데도 어째서일까, 우울한 기분이 들었다.

편지가 남아 있었다는 걸 사키에게 말하면 분명 쓸쓸한 눈을 보여 주겠지……. 아니면 어제처럼 억지로 웃을지도 모른다.

몹시 무겁게 느껴지는 다리를 어찌어찌 움직여 그녀가 있는 곳으로 돌아왔다.

내 손 안에 있는 하얀 종이를 보자 그녀에게서 "……그렇구나."라는 목소리가 새어 나왔다.

처음부터 체념하고 있었던 듯한 그렇지만 믿고 있었는데…… 그런 말투로 들렸다.

"이제 무리인 걸까……."

그녀가 무의식적으로 밤하늘을 향해 나직이 말했다.

"이제 와 주지 않는 걸까……."

그녀의 눈동자에 빛이 반짝인다.

"이 여름으로 마지막인데……."

마지막이라고 말한 그녀의 눈동자가 조용히 흔들렸다.

"이제 더는 안 기다릴 거야?"

나는 살며시 물었다.

그녀가 다른 사람을 기다리지 않았으면 좋겠다고 생각하는 마음과 계속해서 기다려 온 그 사람을 포기하지 않았으면 좋겠다고 생각하는 마음이 대립하고 있다. 나는 어떻게 해야 할까.

"이제…… 기다릴 수 없어."

그녀는 그렇게 말했다.

"이 여름이 끝나면…… 나도 이 마을에서 나가야만 하니까."

산쵸오하시 쪽에 있는 강기슭의 카페에서 그녀가 말했다.

'좋은 추억이 될 것 같아.'

밤의 히나타 기숙사에서도 그녀는 말했었다.

'실은 이 기숙사는 철거가 결정돼서. 갈 곳이 정해진 어린 애들부터 새로 살게 될 장소로 옮기는 중이야.'

나는 터무니없는 착각을 하고 있었다.

이사하는 건 어린아이들뿐이라고.

집 같은 기숙사에 사는 고등학생들은 이 장소에서의 생활이 계속될 거라고 생각했다. 잘 생각해 보면 그럴 리는 없다.

그녀도 히나타 기숙사에 사는 아이니까.

"어디로 가?"

내 목소리가 떨렸다.

"북쪽의…… 새로운 시설."

먼 곳을 보는 그녀의 시선에 슬픔의 그늘이 비쳤다.

"아니면 계속 기다려 주신 후원 부모님이 계시는 곳이나. 어느 한쪽을 선택해야만 해……."

목소리가 나오지 않았다.

"사실은 이제 결정해야만 하는 시기지만 결정할 수가 없어서."

그녀는 자조적인 기색으로 미소 지었다.

"다들 용케 정했구나, 하고 감탄하고 있어."

'다들'이라는 건 분명 시설 아이들을 말하는 것이리라. 사키한테는 뿔뿔이 헤어져 살게 된 형제 같은 존재일 것이다.

"열심히 살고 있을까……."

그렇게 말한 그녀의 눈동자에 얇게 막이 생기고 반짝였다.

푸른 밤이 우리한테 스며들어 온다.

"곤란한 일을 겪고 있지는 않을까……."

"……."

"만약 무슨 일이 있어도 지장보살님이 와 줄 테니까 괜찮겠지……."

사키는 단 하나만 이루어지는 소원을 형제들을 위해 썼다.

멀리 떨어진 형제들의 행복을 이 마을에서 바라고 있다.

그런 그녀를 보고 나는 떠올리고 말았다.

――'착하다, 착하다.'

사키는 그렇게 말하며 어린아이들이 있던 그 방에서 내 머리를 쓰다듬어 주었다.

—'누나라서 그런 걸까나.'

농담하며 웃는 그녀의 입버릇도 분명.

—'아무것도 아니야.'

강한 척하는 그녀의 표정도 분명.

어린 여동생과 남동생을 많이 떠안은 그녀의 일상이었던 것이다.

"나도 내일로 끝내야겠어."

"……."

"첫사랑을 제대로 끝내고 새로운 장소에서 힘내야지……."

블루문은 4일간.

그녀는 내일 이 땅에서 알게 된 첫사랑에 막을 내린다. 그리고 여름이 끝나면 모르는 마을로 떠날 것이다.

내 가슴이 삐걱삐걱하며 아파하고 있다.

풍경이 만들어 낸 인공물처럼 보이고 사키 외의 모든 것이 흐릿하고 희미해져 간다.

몸에서 힘이 빠지고 손가락까지 힘이 전해지지 않게 되어 손에 들고 있던 하얀 종이가 내 손을 떠나 팔락 날아갔다.

바람에 날려 가는 하얀 종이에는 그녀가 쓴 전화번호 위에 내가 쓴 글자가 있다.

「고미야 사키 양이 당신을 기다리고 있습니다.
이 편지를 본다면 이 번호로 전화해 주세요.
꼭, 연락을 주세요.」

강하게 간청한 문장은 내 마음보다도 사키의 사랑이 성취되기를 바라고 있었다.

분명 나는 오늘, 이 샘에서 그녀의 모습을 봤을 때부터 생각했던 것이다.

그녀의 사랑을, 그녀의 바람을 이루어 주고 싶다고 그렇게 강하게 생각했던 것이다.

나는 내 가슴 안쪽 깊은 곳에 있던 진짜 소원을 깨닫고 말았다.

그래서 특별한 푸른 달을 올려다보며 바랐다.

부디, 그녀의 소원이 이루어질 수 있기를——

그녀의 미래에 미소의 꽃이 잔뜩 피기를——

그 바람이 이루어진다면 저는 아무것도 필요 없습니다.

그러니까 부디 사키를…… 행복하게 해주세요.

나는 강하게, 강하게 푸른 달에 기도했다.

제4장

무거운 현관을 열자 띠링, 하는 방울 소리가 났다.

"……다녀왔습니다."

대답이 없는 건 알고 있다. 하지만 나는 작게 그렇게 중얼거린 뒤 집 안으로 들어갔다.

그 뒤로 나는 사키와 헤어져 아라시야마를 터덜터덜 걸어서 할머니 집으로 돌아왔다.

이런 시간에 돌아온 걸 들키면 분명 어머니한테 혼날 거다. 그건 알고 있지만 발걸음은 몹시 무거웠다.

"어서 오거라."

멍한 채로 거실을 지나 내 방으로 이어지는 툇마루를 지나는데 온화한 목소리가 내 등에 닿았다. 시야 안쪽으로 툇마루에 앉은 사람의 모습이 보였다.

검은 어둠 속에 희미하게 사람의 모습이 보여, 나는 옆에 있는 전등 스위치를 켰다.

부드러운 오렌지색 빛에 떠오르는 건 흰색과 은색이 섞인 머리카락에 주름이 있는 눈가, 흘러넘칠 것 같은 상냥한 미소.

"다녀왔어요, 할머니."

역시 할머니였다.

할머니는 그 자리에 놓인 장식물처럼 조용히 툇마루에 앉아 있다. 나는 그런 할머니에게 가까이 다가가서,

"또 여기 있는 거야?"

살며시 물었다.

"케이이치를 기다리고 있었단다."

"오늘도?"

"그려."

할머니가 그렇게 말하고 밤하늘을 올려다봤다.

할머니가 하늘을 올려다보자 나도 그에 이끌리는 것처럼 하늘을 올려다보고 말았다. 그것이 여느 때의 내 버릇이지만 오늘은 밤하늘을 올려다볼 기분은 들지 않았다.

사실은 툇마루에서 멈춰 설 생각은 없었다. 오늘은 아무한테도 들키지 않고 방으로 돌아가 이불에 파고들어 억지로 눈을 감을 생각이었다.

아무것도 생각하고 싶지 않았다. 빨리 오늘을 끝내고 싶었다.

하지만 이런 밤중까지 나를 기다려 준 할머니의 마음을 생

각하면 무시할 수는 없겠네…… 그렇게 생각한 것도 확실해서.

나는 할머니 옆에 앉기로 했다. 오늘도 아무도 일어날 낌새는 없다.

"오늘은 어제보다 늦었구나."

멀리서 할머니의 울려 퍼지는 듯한 목소리가 들려왔다.

"미아가 된 건 아닐까 하고 걱정했단다."

내 마음은 아직 숲속에 있었다.

"케이이치?"

할머니가 내 어깨를 톡 건드려 나는 제정신을 차렸다.

시선을 향하니 할머니는 내 눈을 들여다보다시피 하며 중얼거렸다.

"무슨 일이 있었던 게냐? 울 것 같은 얼굴을 하고선……."

"……그렇게 보여?"

"그래. 그렇게 보인다만 아니었냐?"

그렇게 말한 할머니의 얼굴이 몹시 쓸쓸한 것처럼 보여서 나는 쓴웃음을 짓고 말았다.

할머니 옆은 언제든 따뜻하고 온화해서 그 분위기에 문득 그녀를 떠올리고 말았기 때문이다.

"오늘 고마워. 할머니가 이것저것 많이 알려줘서 교토 시내에서 놀 수 있었어."

당혹스러운 표정을 짓고 있는 할머니에게 나는 말했다.

"알려줬던가? 내가."

"그래. 벌써 잊었어?"

"아니. ……잘 기억해 두마."

역시 밤이 되면 할머니의 치매 증상은 진행되는 모양이다.

하지만 할머니는 그런 것도 신경 쓰지 않고 "즐거웠느냐?"라고 물었기에 나는 "무척 즐거웠어."라고 대답했다.

그녀와의 처음이자 마지막 데이트였다.

내가 모르는 교토를 사키와 함께 걸을 수 있었던 것, 가와도코에서 커피를 마신 것, 여러 잡화점을 돌아본 것, 오이 아사즈케 꼬치를 먹은 것, 아름다운 책을 산 것, 스티커 사진을 찍은 것.

그리고 마지막으로── 스즈무시데라에 간 것.

모든 것이 최고로 즐거워서 떠올리는 것만으로도 가슴이 떨린다.

어디에 있든 사키도 귀여웠다. 사랑스러웠다.

여름의 냄새가 나는 푸른 세계 속에서 나는 또, 그녀를 사랑하게 됐다.

점점 심해져 가는 그리운 마음이 가슴 안에서 넘쳐흘러 나올 것 같을 정도로 나는 그녀를 좋아한다고 생각했다.

하지만 그녀는 오늘도 첫사랑 상대를 기다리고 있어서…….

눈물로 젖은 그녀의 눈동자를 본 나는 남한테서 배운 답이 아니라 내 안에 잠든 진짜 감정을 깨달은 것이다.

나는 그녀의 행복을 진심으로 바라고 있다.

그녀의 얼굴에 넘칠 듯한 미소의 꽃이 피는 순간을 보고 싶다.

그녀의 가장 큰 기쁨은 그가 맞이하러 오는 것이다.

그녀는 6년 전부터 그 사람을 계속 좋아하고 있으니까…….

선명하게 되살아나는 기억과 머릿속을 도는 감정에 갑갑함을 느꼈을 때 머리에 손이 사뿐히 얹어졌다.

"착하지, 착하지……."

달빛을 빨아들여 발광하는 푸른색 속에서 상냥한 눈동자를 지닌 할머니가 내 머리를 쓰다듬어 준다.

머리를 왔다가 갔다가 하는 손길도, 목소리도, 부드러운 분위기도 전부 그녀와 많이 닮아서.

나는 안타까움에 가슴이 옥죄이면서도 숲속에서 본 그녀의 옆모습과 작은 입에서 새어 나온 말을 떠올리고 있었다.

'열심히 살고 있을까…….'

'곤란한 일을 겪고 있지는 않을까…….'

'만약 무슨 일이 있어도 지장보살님이 와 줄 테니까 괜찮겠지…….'

그녀도 이렇게 어린 형제들을 쓰다듬어 주고 있었을까.

사랑스럽게, 다정하게 네가 세상에서 가장 소중해, 라고 전하는 듯이 피가 이어지지 않은 형제들을 사랑하고 있었던 걸까…….

그녀와 형제들 사이에 얼마나 강한 유대가 있었는지는 나는 알 수 없지만 그녀에게서 나오는 말은 무척 쓸쓸하고 슬퍼서…… 나는 할머니한테 물어보고 싶어졌다.

"저기 할머니……."

"응?"

"히나타 기숙사라는 곳 말이야……."

물어보지 않으면 안 될 것 같은 느낌이 들었다.

"……어떤 곳이야?"

어제와 그리 다를 것 없는 오늘이 찾아왔다.

별이 반짝였던 하늘은 연한 파란빛으로 변했고 거기서부터 뻗은 빛의 다발이 정원 전체에 닿아 반짝이고 있다. 정원에 있는 소나무도 화단에 피는 형형색색의 꽃도 여름 아침의 햇살을 받아 기쁜 듯이 몸을 편다. 나는 어릴 적부터 놀았던 이 정원을 그리운 마음으로 바라본 뒤, 심호흡을 한 번 하고 거실로 향했다.

"안녕히 주무셨어요."

부엌에서 아침 식사를 준비하는 어머니가 뒤돌아봤고 나와 눈이 마주쳤다.

어머니의 눈이 크게 휘둥그레졌다. 어머니 옆에 아카네는 없다. 아직 자고 있는 것이리라. 그 정도로 지금은 이른 시간이다.

"어쩐 일이니? 케이이치. 배라도 아파?"

내가 일찍 일어나면 이렇게나 놀라는구나. 새삼 그렇게 생각했더니 훗, 하고 웃음이 나오고 말았다.

"어머니, 내일 몇 시 신칸센에 탈 거야?"

"9시 차에 타려고."

"그렇구나……."

9시 차에 탄다는 건 다들 오늘 짐을 싸겠네.

"케이이치는 정했니?"

"응. 나도 같이…… 돌아갈래."

"……괜찮겠어?"

"응."

마침내 첫 번째 블루문이 힘을 머금는 마지막 날이 되었다.

그녀의 사랑이, 이 여름의 목적이 블루문과 함께 끝난다면 내 마음도 블루문이 지워 줬으면 좋겠다.

"……그래도 친구가 생긴 거 아니야? 매일 밤 그렇게나 즐거운 듯이 외출했었잖아?"

역시 어머니는 다 알고 있구나, 하고 생각했다.

사실은 전부 다 꿰뚫어 보고 있었고 모르는 척해주고 있었을 뿐일지도 모른다.

"응. 하지만 그녀도 이제 곧 이곳을 떠나니까."

"……그래."

망설이는 기색으로 어머니가 말했다.

분명 만나면 만날수록 내 마음은 부풀어 오를 것이다.

그 마음을 어떻게 소화하면 좋을지는 짐작도 가지 않는다. 알 수 없다.

분명 지금이라면 되돌아갈 수 있다.

지금이라면 움직이기 시작한 작은 사랑을 상자 안에 살며시 담아 뚜껑을 덮을 수 있을 터다. 나와 그녀는 만난 지 아직 얼마 되지 않았으니까.

"그럼 이 말만 하려고 한 거니까."

나는 그렇게 말하고는 부엌을 나오려 했다. 짧은 커튼을 밀어 헤쳤을 때, "케이이치, 아침은?"하고 어머니가 물었다.

"한숨 더 자고 난 뒤에 먹을래."

나는 내 방으로 돌아가 이불 속으로 파고들어 눈을 꾹 감았다.

처음으로 남을 좋아하게 된 건 유치원 때, 해바라기반 담임 선생님이었다. 언제나 상냥하고 명랑했으며 나를 잘 칭찬해 준 선생님이다.

다음 사랑은 누구였더라? 초등학교 고학년 정도일 때 이상하게 많이 집적거리는 여자애가 있어서 나는 그 애를 껄끄럽다고 여기면서도 그 애의 뒷모습을 눈으로 좇고 있었지.

중학생이 되어서 옆 반 여자애한테서 고백받고 사귀고.

사귀는 사이가 어떤 건지 알지 못한 채 축구만 했는데 그녀한테서 이런 말을 들었다.

'케이이치 군의 마음을 모르겠어. 정말로 나를 좋아해?'라고.

나도 내 마음을 알 수 없었다. 좋아한다는 말을 들었으니까 사귀었다.

사귀어 가면서 좋아하게 될 거라고 생각했는데 그 마음이 커지는 일은 없었고 며칠 뒤 '미안'이라고 전한 뒤 그녀와는 그걸로 끝이었다.

누군가를 좋아하고 서로에게 끌리고 연인 사이가 된다.

만화나 드라마에서는 쉽게 반복되고 있는 것이 나한테는 무척 어려웠다.

옆에서 친구가 서투른 사랑을 키워나가고 있는 일상을 부럽게 생각하면서도 나는 이렇게까지 남을 좋아할 수는 없을 것 같은데…… 하고 어딘가 냉정한 눈으로 나 자신을 보고 있었다.

그런데도…….

나는 이 마을에 와서 눈 깜짝할 사이에 사랑에 빠졌다.

태어나서 처음으로 첫눈에 반한다는 걸 경험하고 넋을 잃을 정도로 사키를 좋아하게 됐다.

정말로 '눈 깜짝할 사이에 지나간 여름날의 사랑'이라는 말대로 이 사랑은 이제 곧 끝을 맞이할 것 같지만 나는 쭉 이 사랑을 잊지 않을 것이다.

아니, 잊을 수 없을 것이다.

한숨 더 자고 나서 일어나자 아카네는 자기 방에서 짐을 싸고 있었다.

툇마루에서 멍하게 그 모습을 바라보고 있던 나와 눈이 마주치자 "오빠도 간다면서? 빨리 짐 싸라구!"라고 말했다.

"나중에 할게."

"나중에, 나중에, 라면서 말뿐이라니까. 내일 아침에 할 생각이지? 분명 그럴 거야."

여자라는 건 무섭다. 어머니의 입버릇과 판박이다.

분명 사키라면 이런 날카로운 말투는 쓰지 않고 더욱 부드럽게 애교 가득하게——

무의식적으로 그녀를 떠올리는 자신을 알아차리고 나는 머릿속에서 그 모습을 지우고자 머리를 흔들었다.

"오빠, 갑자기 머리를 흔들어 대고 기분 나빠!"

"시끄러워. 내버려 둬."

"오빠도 갈 거면 오늘 중으로 짐 싸두라구! 늦잠 자면 놔두고 갈 테니까 말이야!"

"네, 네."

여동생의 잔소리를 들어 주는 데 지친 나는 방으로 돌아갔다.

눈에 보이는 건 깐 채로 놔둔 이불, 읽던 도중인 소설, 벗어 둔 옷.

어디부터 정리할까……. 그렇게 생각하며 방 한구석으로 시선을 향하자 열어 둔 캐리어 가방이 보였다. 거기에 필통이 보였다. 그 밑에는 여름 숙제와 스프링 철을 할 수 있는 노트를 넣은 파란색 클리어 파일이 있다.

할 생각은 없었지만 일단 만일을 위해서 숙제를 가지고 왔다.

나는 필통에서 펜을 꺼내고 클리어 파일에서 하얀 종이를 꺼내 거기에 글자를 썼다.

어울리지도 않는 짓이라는 건 알고 있다.

하지만 지금의 이 마음을 말로 남겨 두고 싶다고 생각한 것이다.

시간은 천천히 흘러갔다.

나무줄기 끝과 잎 사이에서 빛이 뚝뚝 흘러 떨어지고 구슬픈 저물녘의 석양이 주위를 감싸기 시작했을 무렵, 내 손안에 있는 스마트폰이 울렸다.

화면을 보니 라인으로 메시지가 와 있었다. 유우야한테서다.

【데이트 어땠냐?】

그렇게 적힌 짧은 문장에 나는【즐거웠어】라고 글자를 입력한 뒤,

"아~ 진짜!"

머리를 벅벅 긁고는 입력했던 글자를 전부 지웠다.

어쩐지 마음이 개운치 못하고 답답하다.

즐거웠지, 사키와의 데이트는 무척 즐거웠지만…….

즐거웠지만, 의 뒤에 이어지는 기분이 더 크다니, 내 마음은 얼마나 내 말을 안 듣는 거냐고.

대답은 보낼 수 없었다.

나는 스마트폰을 주머니에 넣고는 근처에 있던 양동이를 손에 들고 그 안에 물을 넣었다.

양동이 안에서 걸레를 적셔 꽉 짠 뒤 툇마루 바닥을 단숨에 걸레질했다.

엄청난 속도로.

"우와, 오빠가 이상해졌어."

"정말이네. 이럴 때는 가만히 내버려 두렴."

거실에서 이쪽을 보며 이야기하는 여동생과 어머니의 목소리는 내게는 닿지 않았다.

생각이 쫓아가지 못할 때는 여하튼 몸을 움직이라고 내 뇌가 명령하는 것 같다.

그런 짓을 하고 있는 사이에 밤이 오고 말았다.

오늘은 사키와 보내는 마지막 밤이다.

그렇기에 웃는 얼굴로 있자고 생각했다. 사키 앞에서 어두운 표정은 짓고 싶지 않다.

"다녀오겠습니다."

아무도 없는 현관에서 그렇게 말하고 마을 쪽을 향해 걷기 시작했다.

오늘도 보이지 않는 실로 끌어 당겨지고 있는 듯한 감각이다. 푸른 달의 달빛이 가느다란 실이 되어 나를 숲으로 이끄는 듯한 그런 감각.

날이 저문 마을에서 숲을 향해 걷고 있는 건 나뿐이었다.

다들 반대 방향에 있는 아라시야마역 쪽을 향해 걷고 있다.

역에서 전철을 타면 교토의 중심으로 갈 수 있다. 그쪽에서는 아직 북적이는 밤이 계속되고 있으리라.

사람이 무성영화처럼 움직여 프레임에서 사라져 갔다.

소리가 사라지고 나만이 이 마을에 남겨진 듯한 착각에 빠진다.

무음의 경치 속에서 나는 계속 걸었다.

숲에 도착했다. 수풀 속으로 들어가자 마른 흙과 풀 냄새가 났다.

뻗어 오는 나뭇가지와 잎이 '어서 와'라고 말해 주고 있는 것 같다. 나는 나뭇잎 하나하나를 사랑스럽게 느끼며 산길을 걸었다.

잠시 걷는데 녹색으로 이루어진 공간이 확 트였다.

눈 앞에 펼쳐진 푸른 세계의 중심에 사키가 있었다.

그녀는 샘 가장자리에 쪼그려 앉아 오늘도 투명한 우산을 써서 물을 건지며 놀고 있다.

내가 첫눈에 반한 것과 같은 세상에서 가장 아름다운 사키의 모습이다.

수면에 커다란 푸른 달과 별의 모습이 비쳐 있었다. 수면에 떨어진 별빛이 투명한 우산 안에도 비치고 있다.

처음에는 그녀가 든 우산 안에 작은 별이 섞여 들어가 있는 것처럼 보였다.

그녀가 정말로 별을 건지고 있는 것처럼 보여서── 나는 움직일 수 없게 됐다.

그 모습은 너무나도 아름다웠다.

첫눈에 반했을 때의 사키보다도 훨씬, 더욱 오늘의 그녀는 예쁘다.

그 모습을 살그머니 바라보고 있는데 바람이 불어 샘의 물을 움직였다.

그녀가 든 우산 안에 별의 조각이 모여드는 것처럼 보였다.

내 눈은 이상해진 걸까…….

그렇게 되면 좋겠다는 소망이 눈에 비치고 있는 것뿐일지도 모른다.

그때 샘을 바라보는 그녀가 부드럽게 미소 지었다.

샘에 비치는 별을 건져 행복한 듯이 미소 짓는 그녀는 지금 누구를 생각하고 있는 걸까.

답은 이미 알고 있다.

너무나도 아름다운 그녀는 지금도 분명 첫사랑 상대를 기다리고 있는 것이다.

진짜 사랑을 모르는 나라도 그 정도는 알 수 있다…….

나는 무의식적으로 주머니 안에 있는 종이를 꽉 쥐어 뭉개고 있었다. 종이 끝이 내 손가락을 베었다.

몸을 찢는 듯한 아픔은 손가락에서부터인지 아니면 몸 안에서부터인지…… 어디서부터 전해지는지는 알 수 없었다. 나는 아픔을 참으며 사키의 옆모습을 보고 있었다.

그때 샘 쪽에서 숲을 향해 강한 바람이 불어왔다.

"아."

그녀의 손에서 투명한 우산이 도망쳤다. 바람에 날려 춤추는 것처럼 내 쪽을 향해 날아온다.

그녀는 울타리 앞에서 멈춘 우산을 본 뒤 그 너머에 있는 나를 알아차리고는 발치에서부터 천천히 시선을 들었다.

울타리 너머에 선 나를 발견하고,

"……케이이치 군?"

내 이름을 불렀다.

"……응."

"오늘은 늦었네."

"……잠깐 다른 데 들렀다 왔어."

"어디에?"

"……숲속?"

"숲속이라니 거긴 아무것도 없는데?"

"그렇구나…… 그렇지."

"무슨 일 있었어?"

그녀는 내 어설픈 거짓말을 타박하지 않았다.

우리는 울타리를 사이에 끼고 대화를 나누고 있다.

내 세계는 어스레한 밤의 색을 띠고 있었고 그녀의 세계는 선명한 푸른색이었다.

"이쪽으로…… 안 와?"

그녀는 고개를 갸웃하며 그렇게 말했다. 고개를 갸웃했을 때 머리카락에서 빛나는 것이 보였다.

"……가도 돼?"

"응."

숲속에 있는 나와 샘 옆에 있는 그녀. 그쪽 세계에 발을 들이면 나는 푸른 세계에 녹아든다. 나는 또 마음이 편안해지는 그녀 옆에 오고 말았다.

"그거 꽂아 줬구나."

복잡한 마음을 품으면서도 자연히 입꼬리가 올라갔다.

그녀의 오른쪽 귀 위에는 내가 어제 사준 머리핀이 꽂혀 있었다.

오른쪽 귀에 큰 별 그 밑에는 머리카락과 함께 흐르는 듯한 작은 별이 몇 개 있다.

분명 잘 어울릴 거라고 생각해서 고른 것이지만 머리핀을 단 사키의 모습은 내 상상을 아득히 뛰어넘어 있었다.

"응. 이 머리핀 무척 귀엽지. 케이이치 군, 정말로 고마워."

고맙다고 말하고 싶은 건 내 쪽이다.

내가 고른 것을 착용해 주다니 그것만으로도 어쩔 도리 없이 기쁘다.

머리핀이 바람에 흔들려 머리카락과 함께 반짝반짝 빛날 때마다 가슴 안쪽이 꾸욱 옥죄어든다.

오늘 달아 줄 거라고는 생각지도 않았다.

그녀가 내 쪽을 향할 때마다 머리카락 옆에 달린 작은 별이 아련하게 반짝인다.

별의 반짝임에 내 마음이 반사되는 것 같다.

"……잘 어울려."

"정말? 기뻐."

순수하게 기뻐해 주는 사키의 얼굴을 계속 보고 싶지만 조금 쑥스러워진 나는 그녀의 옆에 쪼그려 앉아 주운 우산을 샘에 가져다 대 봤다.

조금 전의 그녀와 마찬가지로 별을 건져 보고자 생각했는데 잘 안된다.

별이 모여들지 않는다.

그녀는 어떻게 하고 있었더라? 나는 펼친 우산으로 물을 건지면서 말했다.

"사키는 말이야, 별을 건진 적 있어?"

"없어."

그녀는 부드러운 미소를 지으며 그렇게 말했다.

조금 전에 별을 건지고 있는 것처럼 보였던 건 착각이었을까.

"역시 건질 수 없어?"

"응. ……건질 수 없어."

이번에는 안타까운 듯이 그리고 단언하는 것처럼 말했다.

"어릴 때는 정말로 건질 수 있을 거라고 생각했어. 금붕어라든가 소금쟁이라든가, 그런 걸 건지는 느낌으로. 샘에 비치는 별의 모습도 건질 수 있을 거라고 생각했는데 역시 건질 수 없었네……."

"그걸 깨달았는데 어째서 아직도 하고 있는 거야?"

"그건……."

그녀가 숨을 스읍 들이마시고 내쉰 뒤, 샘을 바라보며 말했다.

"건지는 흉내를 내고 있었던 거야."

"……무슨 말이야?"

"이렇게 샘에서 놀고 있으면 성격 급한 그 사람이 잘못해서

와 주지 않을까 하고 말이야."

그녀의 말이 갑자기 내 가슴에 꽂혔다.

그녀에게 있어 '그 사람'이란 첫사랑 상대다.

역시 그녀는 줄곧 그 사람을 기다리고 있다.

샘에 있는 이유도, 우산을 가지고 노는 이유도, 전부 그를 생각해서 하는 일이었다.

"그 사람하고는…… 어떻게 만났어?"

자기 가슴에 커다란 못을 박는 행위라는 건 알고 있었다. 하지만 꼭 묻고 싶어졌다.

"그 사람하고는……."

그녀가 밤하늘을 올려다보며,

"6년 전에 블루문이 뜬 날 밤에 처음 만났어."

"……응."

"그날 밤 여기서 나를 구해 줬어."

"구했다고?"

"맞아. 6년 전에 블루문이 뜬 날 밤, 나…… 샘에 빠졌거든."

"뭐?"

한 박자 뜸이 있고 나서 나는 말했다.

"그건…… 놀다가? 아니면 사고?"

"아니, 어느 쪽도 아니야. 나…… 일부러 빠졌어."

일부러?

6년 전의 사키는 11살이다. 11살 소녀가 스스로 샘에 빠진다는 건…… 그건…… 스스로 죽음을 바랐다는 건가?

"미안."

할 말을 잃은 내게 그녀가 말했다.

"이런 이야기 듣고 싶지 않지?"

그녀의 물음에 나는 고개를 가로저었다. 나는 그녀의 말을 끝까지 듣고 싶다고 생각했다.

"들려줄래?" 그렇게 말한 내게 그녀는 "……응."이라며 미소를 보여 주었다.

눈동자 안쪽에서 애수가 느껴지는 미소였다.

"나 히나타 기숙사에 오기 전에는 엄마랑 둘이서만 살고 있었어."

"……응."

"우리 집은 내가 철이 들었을 때부터 편모 가정이라서 말이야. 엄마는 나를 열심히 키워 줬어. 낮에도 밤에도 일했어. 하지만 가난했어. 그래서 휴일에도 일하고. 끝내는 엄마의 몸이 망가지고 병에 걸려서…… 내가 10살 때 돌아가셨어……."

건넬 말을 찾을 수가 없다. 나는 잠자코 듣고 있었다.

"의지할 사람이 없었던 나는 히나타 기숙사에 오게 됐어. 익숙해질 때까지 조금 시간이 걸렸지만 히나타 기숙사는 따뜻하고 줄곧 바랐던 형제도 있었어. 밥도 맛있고 의지할 수 있는 선생님도 있어서 무척 안심했어. 난 줄곧…… 혼자였으니까. 엄마는 병원에서 헤어지기 전에 내 손을 잡고 '언제까지나 보고 있을 테니까'라고 말해 줬어. '어디서?'라고 물었더니 '사키가 좋아하는 달님에서 토끼랑 같이 떡을 찧으면서 사키를 언제까지나 지켜보고 있을게'랬어. 그래서 달과 가장 가까운 시설에 올 수 있어서 난 무척 행복했어. ……그런데——"

그녀의 목소리가 떨리기 시작했고 눈동자에 얇게 막이 찼다.

부드러운 곡선을 그리는 그녀의 어깨가 떨렸다. 그러면서도 그녀는 진실을 가르쳐 주었다.

"그런데…… 새로 생긴 학교 친구들한테서 이젠 같이 놀 수 없다는 말을 들었어. 시설 애랑은 놀면 안 된다고 그 애의 엄마가 말했대."

그럴 수가…….

"난 그 말을 듣고 이제 다 필요 없다는 생각이 들었어. 잔뜩 힘내서 살아왔지만 더는 힘내고 싶지 않다고 생각했어. 무척 지쳐서 숲속을 혼자서 휘청휘청 걷다가 이 샘을 발견했지."

"……."

"샘에 비치는 푸른 보름달을 보고 생각했어……."

"……."

"이 샘에 비치는 보름달 속에 뛰어들면 밤하늘에 떠오른 보름달로 갈 수 있지 않을까 하고 말이야. 그렇게 하면 달에 있는 엄마랑 만날 수 있지 않을까 하고 그런 생각이 들어서…… 샘에 빠졌어."

나는 그녀의 말을 들으며 어제 할머니가 했던 말을 떠올리고 있었다.

'히나타 기숙사라는 곳 말이야…… 어떤 곳이야? 거기에 있는 애들은 불쌍한 애들이야?'

생각지도 않았던 말이 목소리가 되어 나왔다. 사키를 보고 그런 식으로 생각한 적은 없는데도.

'히나타 기숙사라는 말을 들으면 표정이 변하는 사람이 많으니까.'

처음 히나타 기숙사에 간 날, 사키한테서 들었던 말이 머리 한구석에 남아 있어서 내게 그런 생각을 하게 만든 것일지도 모른다.

'다들 그리 말하지. 거기에 있는 건 부모가 없는 불쌍한 아이들이라고. 문제가 일어나기 쉽고 비행을 저지르기 쉽다. 그런 선입견으로 시설 아이들을 보고 있어.'

'……아니야?'

나는 그렇게 물었다. 내 의견은 아니다. 알 수 없었던 것이다. 나는 진실을 모른다.

'아니다.'

할머니는 단호하게 말했다.

'히나타 기숙사에 사는 아이들은 불쌍한 애들이 아니야.'

'…….'

'불쌍한 건 어른이지.'

'어른?'

'그려. 귀여운 아이들을 키우지 못하는 어른이 불쌍한 거지.'

'…….'

'전부 어른의 책임이란다. 어린아이들은 아무것도 나쁘지 않은데 언제나 어린아이들이 손해를 보지. 그건 잘못되었어.'

'…….'

'그곳에 있는 아이들은 강해. 외로운 감정을 품으면서도 그걸 받아들이고 자기 힘으로 살아갈 준비를 하고 있어. 그런 아름답고 강한 아이가 불쌍할 리가 없지 않으냐.'

'…….'

'틀려서는 안 된다. 세상이 더욱 따뜻했다면 그 애들은 훨씬 더 살기 편했을 거야.'

나는 그녀가 있는 세상의 의미를 아무것도 모르고 있었다.

부모와 영영 헤어져서 산다는, 마음의 버팀목을 갖지 못한 아이들의 불안은 분명 이루 헤아릴 수 없다.

——'착하다, 착하다.'

그렇기에 그녀들은 서로 받쳐주며 살고 있었고,

——'마을에는 안 내려가.'

이 이상 상처받지 않도록 한정된 세상 안에서 살아가는 것을 선택한 애들도 있는 것이다.

그녀도 그런 세상에 절망을 느끼고 6년 전에 블루문이 뜬 날, 샘에 몸을 던졌다…….

"샘에 빠진 나를 구해 준 게 그 사람이었어."

"……응."

"처음 만나는 사이일 텐데도 '사키'라고 이름을 불러 줘서. '죽지 마'라고 혼내 줘서. 그리고 말해 줬어. 내가 사는 의미를 가르쳐 줬어. 그 말이 있으니까 나는 지금도 살아있을 수 있어. 그 사람은 생명의 은인이고, 내 첫사랑 상대고, 내가 지금까지 살아올 수 있었던 의미야."

그녀의 첫사랑 상대는 동화 속에 나오는 꿈속 인물 같은 게 아니다.

사키의 사랑은 진정한, 운명의 사랑이었다.

"그 사람은 아마도 고등학생 정도일 거야. 달빛 때문에 역광이어서 얼굴은 잘 보이지 않았지만. 키가 크고, 파란색 셔츠를 입고 있었고, 새끼손가락에는 붕대가 감겨 있었어……. 만약 지금 그 사람이 여기에 있어 준다면, 같은 나이였다면, 케이이치 군 같았으려나 하고 계속 생각했었어. 이런 식으로 같이 놀거나 이야기를 나누면서 나는 분명——"

"……분명?"

"……으응. 아무것도 아니야."

그렇게 말하고 고개를 가로저은 뒤 나를 바라봤다.

하지만 사키는 그 이상 아무 말도 하지 않았다.

나도 아무 말도 할 수 없었다.

나는 분하지만 납득하고 만 것이다.

사키가 그 사람을 6년이나 계속 기다리고 있는 의미를.

사키가 기다리는 그 사람은 사키의 목숨을 구해 주었다.

그리고 지금도 그 사람을 계속 기다리는 것이 사키가 살아가는 의미 중 하나가 되었다.

그만한 상대한테 내가 당해낼 리가 없다.

모든 소리가 군청색 밤에 빨려 들어가는 것만 같았다.

평소보다도 바람이 강하게 부는 샘 가장자리에서 대화를 잊은 우리는 흔들리는 푸른 달을 바라보고 있었다.

우리는 샘을 바라볼 뿐이었다.

괜찮은 말이라도 할 수 있었다면 좋을 텐데 나는 무엇을 말하면 좋을지 알 수 없었다.

하지만 이대로 시간만 지나가는 건 싫다고 생각해서,

"조금 걸을래?"

우리를 감싼 분위기를 바꾸고 싶어서 나는 일어섰다.

"어디로?"

그렇게 말하며 내 옆에 슥 선 그녀.

"샘 일주라든가?"

"숲에는 안 가?"

"응. 안 가."

나는 사키와 같이 그 사람을 기다리자고 생각했다.

그녀에게 블루문이 뜨는 날이 얼마나 소중한지 알았기 때문이다.

따분하다고 푸념해서 미안했다. 멋대로 마을로 데리고 가서 미안했다.

그녀의 소중한 시간을 쓰고 만 것을 후회하며 나는 그녀를 바라봤다.

우등생인 그녀는 언제나 자기 마음보다도 상대의 마음을 우선하고 있다는 걸 깨닫고 있었으면서.

"알았어. 그럼 샘 주위 탐험이네."

어디까지 상냥한 거야, 하고 생각했다. 일어선 그녀는 "가위, 바위, 보!"하고 목소리를 냈다.

"어?!"

——슥.

똑같이 가위바위보라고 외치고 바위를 내자 그녀는 보를 냈다.

"그럼 왼쪽으로 돌게."

"뭘 정하는 가위바위보였던 거야?"

"어느 방향으로 걸을지 이긴 사람이 정할 수 있어."

"뭐야, 그게."

나는 큭큭, 하고 어깨를 들썩이며 웃고 말았다. 어떤 일이든 재미있게 즐겨 주는 그녀를 사랑스럽게 생각하며.

블루문의 빛이 조금씩 약해져 간다. 끝날 시간이 다가오고 있었다.

우리는 푸른 하늘과 연녹색 나무들로 감싸인 샘 가장자리를 걸었다.

"이쪽에서 샘을 보는 건 처음이야."

사키가 곁눈질로 샘을 보며 말했다.

"항상 저기에 있어?"

사키가 언제나 있는 장소는 푸른 빛이 가장 잘 닿는 장소였다. 나무들이 달빛을 가리는 이쪽에서 보는 샘은 전혀 인상이 달랐다.

몇 걸음 걷자 또다시 달빛이 우리를 비추었다. 같은 숲속인데도 색이 다르고 분위기가 다르다. 나는 신기한 세상에 있는 기분이었다.

"응. 맞아. 항상 저기에 있어."

그 장소에서 그 사람이 구해 준 걸까, 하고 생각했다. 첫사랑 상대가 잘못 찾아오지 않도록 같은 장소에 계속 있는 것이리라.

"하지만 말이야, 오늘은……."

사키가 스니커즈에 시선을 떨구며 말했다.

"뭔데?"

"오늘은 혼자서 기다리게 되는 걸까나 하고 생각했었어. 솔직히 말하면 말이지, 이제 와 주지 않겠지 하고 포기하고 있었어."

"……누가?"

멈춰 선 나를 알아차리고 사키도 멈춰 서서 나를 올려다보다시피 하며 말했다.

"케이이치 군이."

"나?"

"응……. 어제 나 이상한 말을 해버렸잖아? 지금까지 아무한테도 말하지 않았는데 케이이치 군은 이야기하기 편해서 그런 말까지 해버렸어."

그녀는 그런 걸 신경 쓰고 있었던 건가.

그러고 보니 스즈무시데라에서 울었던 뒤에도 집요하게 사과했었지. 누군가를 곤란하게 만드는 것을 큰 죄라고 생각하고 있는 걸까…… 아니, 사키는 그렇게 생각하고 있을 것 같다.

"그런데 지금도…… 이런 이야기만 해서 미안해?"

사키는 나를 '남의 이야기를 잘 들어주는 사람'이라고 말했다. 그러고 나서 '잔뜩 이야기하고 싶어진다'라고도.

내 앞에서 말수가 많아지는 사키를 귀엽다고 생각했다. 마음을 열어 주고 있는 것 같아서 나는 기뻤다.

그런가…….

그렇다면 하다못해 나는 사키의 제일 좋은 상담 상대가 되고 싶다는 생각이 들었다.

무엇이든 이야기할 수 있는 친구, 그것도 좋지 않은가. 나는 사키의 고민을 전부 들어 주고 싶다.

마음이 전해지지 않아도 나한테 사키가 소중한 사람이라는 사실에는 변함이 없으니까.

나는 고개를 숙인 그녀를 내려다보며,

"뭐든 들어 줄게."라고 말했다. 그리고 계속해서 말했다.

"단어도, 이야기도 고르지 않아도 괜찮다고?"

'들려줘'라고 말한 건 내 쪽이다.

"정말?"

그녀가 별안간 시선을 들었다. 촉촉하게 젖은 듯한 갈색 눈동자로 나를 쳐다보면 가슴 안쪽이 소리를 내며 삐걱거린다. 나는 그 소리와 옥죄어드는 아픔을 깨닫지 못한 척하고 말했다.

"응. 지금까지 잔뜩 알려줬잖아? 인제 와서 새삼 사양할 거 없다고."

"……그렇구나."

"어제 이야기해 준 건 사키가 지금 가지고 있는 고민이잖아?"

"……응."

그녀는 시설에 갈 것인지, 줄곧 기다려 준 후원 부모님이 있는 곳으로 갈지 망설이고 있었다.

결단해야 하는 날은 이미 지났다고 말했다.

그 고민은 너무나도 크다. 분명 혼자서는 다 떠안을 수 없었던 것이다.

"아무한테도 말하지 않은 건 어째서야? 담당하는 분이라든가, 기숙사 친구한테 상담하지 않았어?"

"어쩐지…… 상담할 수가 없었어. 사사키 쨩, 걱정해서 물어봐 줬지만 다들 같은 시기에 같은 고민이 있어서, 자기 얘기를 들어 줬으면 하는 애가 잔뜩 있으니까 나중에 말해야겠다고 생각해서 그대로……."

"말하지 못했어?"

"응."

그녀가 고개를 끄덕였다.

어디까지 우등생인 거야, 하고 나는 생각했다.

줄곧 자기 일보다도 다른 사람만을 생각해 온 걸까.

그것이 그녀의 삶의 방식인 걸지도 모르지만 가슴 안쪽이 매우 아파졌다.

옆에 있는 그녀는 분명 미래에 불안을 품고 있을 게 틀림없다. 그걸 다른 사람한테 보여 주지 않는 그녀의 강인함과 그 안쪽에 있는 연약함을 나는 걱정하고 말았다.

"혼자서 해결할 수 있다고…… 생각했었는데."

"응."

"학교에 가도, 여름방학 중에도, 계속 그거에 관해서만 생각하고 있었어. 샘에 있을 때도 몇 번이나 떠올리고 불안해져서. 이젠 어떻게 해야 좋을지 모르겠어."

"……."

"그래서 케이이치 군이 와줘서 정말 살았어. 잔뜩 놀고 고민도 잊어서, 요 나흘 동안 무척 즐거웠어."

부드러운 곡선을 그리는 그녀의 어깨가, 흐르는 듯한 머리카락이, 작게 열린 입이, 애수로 젖은 눈동자가 너무나도 사랑스러워서 나는 손을 뻗어 끌어안고 싶어졌다.

사랑하는 사람을 만지고 싶다는 욕구보다도 '착하다, 착하다' 그렇게 말하면서 그녀가 나를 쓰다듬어 준 것처럼, 계속 노력하고 앞으로의 미래에 불안을 품은 그녀에게 평온함을 주고 싶어진 것이다. 끌어당겨서 작은 머리를 품에 안고 괜찮다고 말해 주고 싶다.

하지만 남자가 쉽사리 여자를 만져도 괜찮을 리가 없다.

나는 뻗을 뻔했던 손을 꾹 쥐고.

사키한테 전해지기를── 그렇게 바라며 말했다.

"사키, 걱정은 토마토 나무라는 말 알아?"

"토마토 나무?"

"그래. 옛날에 할머니가 말해 준 거야── 걱정은 토마토 나무라고."

그건 축구를 막 시작한 참인 초등학생 무렵.

나는 몸이 작기도 해서 좀처럼 실력이 늘지 않았다. 동급생들은 점점 능숙해져 가는데 나는 아무리 연습해도 생각한 대로 움직이지 않았다. 주전으로 들어가는 동급생들을 부럽게 생각하며 항상 벤치에서 응원하고 있었다. 애들보다 더 열심히 연습하고 있는데…… 하고 분한 마음을 품으며.

이만큼 해도 보답 받지 못하다면 차라리 그만둬 버릴까. 그런 생각이 뇌리를 스쳤다. 하지만 축구는 좋아한다. 나는 그런 딜레마를 쭉 끌어안고 있었다.

그 무렵의 나는 혼자서도 뭐든 잘 해내는 아이로 있고 싶었다. 그래서 어머니한테도 친구한테도 선생님한테도 상담하지 못하고 있었고. 고민은 점점 커져서 수업 중에도, 쉬는 시간에도, 휴일에도 계속 고민하고 있었다. 심장이 터질 것 같았다.

누군가 알아차려 줬으면 좋겠다고 생각했지만 말로 하지 못하는 나를 알아차려 주는 사람은 없다. 내 변화를 느껴 준 건 할머니였다.

그해 여름, 교토에 귀성했을 때 초등학생이었던 내게 할머니가 살며시 물어봐 주었다.

'뭔 일 있나? 울 것 같은 얼굴을 하고선…….'

나는 가슴속에 잠든 걱정거리를 할머니한테 털어놓았다.

아무리 축구를 해도 더는 능숙해지지 않는다. 이제 차라리 그만둬 버릴까. 하지만 나는 축구를 좋아한다. 최근에는 그것만이 머릿속을 빙글빙글 돌아서 답을 알 수 없게 되어 괴롭다고.

그때 할머니가 말해 주었다.

'케이이치, 걱정거리는 토마토 나무란다?'라고.

'토마토 나무?'

'그려. 케이이치는 토마토를 길러 본 적이 있느냐?'

'토마토? 응, 있어. 2학년 때 생활과 수업에서 키웠어.'

'어땠었냐? 물만 주면 쉽게 크게 자랐었지?'

'응…….'

'걱정도 마찬가지란다. 걱정하면 할수록 그때마다 물을 주는 게 돼. 그러면 그 토마토 나무는 쉽게 커져 버리고 말지.'

'…….'

'케이이치처럼 말이다, 열심인 아이일수록 그것에 관해 자주 생각하게 되지. 그러면 걱정 나무는 많은 물을 먹고 점점 커져 버려서 마음의 틈새가 적어지고 괴로워지는 거야.'

'그럼 어떻게 하면 좋아?'

나는 그렇게 물었다.

'걱정하는 건 하루에 한 번만으로 하는 거야.'

'한 번?'

'그려. 그리고 말이다, 혼자서 걱정하면 안 돼. 토마토를 함께 먹어 줄 사람과 걱정하는 거야.'

'그건…… 할머니?'

'기쁜 말을 해주는구나. 걱정을 함께 나눌 사람으로 선택해줘서 영광이란다. 그 걱정거리인 토마토 열매를 할머니한테 먹여 주렴.'

할머니의 말을 듣고 나는 매우 안심했다.

내 안에 있는 걱정 나무에 자란 토마토 열매를 매일 밤 할머니가 먹어 준다.

할머니와 이야기할 때 외에는 그 생각은 하지 않아도 된다. 그렇게 생각한 것만으로도 무척 편안해졌다.

생각하는 시간이 적어지니 걱정거리가 줄어드는 것을 알 수 있었다.

게다가 할머니가 먹어 주니까 고민이 늘어도 괜찮다고까지 생각하게 되었다. 잘하지 못하더라도 물고 늘어져서 언젠가 주전을 따내 주겠어. 그렇게 생각할 수 있는 에너지가 솟구쳤다.

그리고 깨달았다. 나는 지나치게 성실했다는 것을.

'도쿄로 돌아가도 할머니 대신 토마토를 먹어 줄 사람을 찾는 거다?'

그리고 나는 찾았다. 무엇이든 이야기할 수 있는 친구인 유우야를.

할머니의 그 말이 없었더라면 지금의 나는 어떻게 되어 있었을까. 괴로움에 사로잡혀 일그러진 채 친구도 사귀지 않고 부모님에게도 마음을 열지 않는 그런 인생을 보내고 있었을지도 모른다.

나는 사키한테 토마토 나무 이야기를 했다.

그녀의 눈이 희미하게 젖어서,

"……함께 먹어 줄래?"라고 말했다.

"물론."

나는 흔쾌하게 오케이했다. 그녀의 크게 자란 토마토 열매는 달콤하게 느껴졌다.

"토마토 나무라니 그런 말을 해주는 사람 없어……."

"사키는 너무 열심히 노력해. 좀 더 어리광을 부려도 된다고."

그녀의 눈동자에서 눈물이 흘러 떨어졌다.

나는 그녀의 눈가에서 넘쳐나는 눈물을 손가락으로 건졌다. 희미하게 뻗은 푸른 빛이 손가락에 붙은 눈물을 비췄다. 어떤 보석보다도 아름다운 그 구체를 얼굴에 잔뜩 달고 있는 그녀한테 나는 말했다.

"우리는 아직 어린애니까 말이야."

우리는 분명 너무 일찍 어른이 된 것이다. 어른의 기대에 부응하고 싶은 우리는 중요한 부분이 성장하지 못한 채 몸만

커졌다.

미숙한 마음을 서로 메운 여름이기에 나는 사키한테 끌리고 사키는 나를 필요로 한 것일지도 모른다.

"나 말이야, 사실은……."

스읍, 하고 숨을 들이쉰 뒤 사키는 마음속 깊은 곳에 잠든 감정을 말해 주었다.

"새로운 시설에는 가고 싶지 않아. 계속 기다려 준 후원 부모님께 가고 싶어."

그녀가 처음으로 본심을 이야기했다.

"스즈키 씨라고 하는데 내가 시설에 들어왔을 때부터 계속 기다려 주고 계셔. 내가 가지 않겠다고 말해도 다른 아이를 입양하지 않고 내가 좋다고 말해 주셔."

그건 사키이기 때문이다.

스즈키 씨의 마음이 나는 아플 정도로 잘 이해됐다.

이렇게나 투명하면서 또한 총명한 여자애를 나는 본 적이 없다.

그녀가 지닌 강인함과 연약함이 상냥함의 핵이 되고 있다. 그녀는 특별한 존재인 것이다.

"때때로 스즈키 씨 댁에서 식사하거나 묵기도 해. 이미 쭉 기다리시게 해버렸으니까 할아버지와 할머니가 되어 버리셨지만 난 스즈키 씨가 좋아……."

고양이의 눈 같은 갈색 눈동자에서 커다란 눈물이 흘러넘친다.

사랑을 준 사람을 생각하며 사키는 울고 있었다. 지금까지 보여 준 우는 얼굴 중에서 가장 많은 눈물을 흘리며.

"그럼 이제 답은…… 나온 거구나?"

살며시 말했다.

분명 그녀도 처음으로 자신의 마음을 말로 한 것이라고 생각한다. 말로 하고 나서 자신의 마음을 깨닫는 건 자주 있는 일이다. 우리처럼 본심을 말하지 않는 어린애한테는 특히.

그녀는 목소리가 되어 나온 자신의 마음에 놀라 눈물짓고 있는 것처럼 보이기도 했다.

"하지만…… 나한테 가족이 생기면 엄마는 슬퍼하겠지? 혼자만 행복해지다니 분명 용서받지 못하겠지……."

"그런가……."

그녀의 시선 끝을 더듬어 가다시피 하며 나도 별이 반짝이는 하늘을 올려다봤다.

반짝이는 하늘의 중앙에 푸른 보름달이 떠 있다. 달 속에서 사람의 모습이 보인 듯한 느낌이 들었다.

달에 있는 사키의 어머니도 분명 상냥하고 명랑하며 밝은 얼굴로 미소 짓고 있을 게 틀림없다. 그 미소는 분명 그녀와 많이 닮았으리라.

"스즈키 씨는 사키의 토마토를 함께 먹어 줄 사람이야?"

"……응. 분명."

"사키의 어머니는 자식의 행복을 슬퍼할 사람이야?"

"……으응, 아니야."

"사키의 어머니는 사키의 행복을 바라고 계셔."

"……."

"사키의 토마토를 함께 먹어 줄 사람을 찾고 계셔."

"……."

"어머니가 두 분 계신다니 최고로 행복하다고 생각해."

그녀의 눈동자에서 커다란 눈물방울이 뚝뚝 흘러나왔다.

"사키, 나도 부탁할게. 솔직해져."

부디, 부디,

"행복해져──"

내 소원은 내 마음이 이루어지는 게 아니다.

사키한테 진심 어린 미소의 꽃이 피는 것이다──

산다는 것은 때로 잔혹해서 다들 망설이면서 길을 선택하고 살아갈 수밖에 없다.

모든 것을 받아들이며 살아가는 우리 앞에는 분명 빛이 기다리고 있다.

우리는 그렇게 믿고 있다.

"케이이치 군, 고마워."

사키는 나를 올려다보며 많은 눈물을 흘리고 있었다.

나는 그런 그녀의 머리를 슥슥 쓰다듬고 "너무 울잖아."라며 웃었다.

아니, 웃은 척을 했다.

사실은 한계였다.

이제 이걸로 끝이다. 사키와 만날 수 있는 건 오늘이 마지막…….

그런 생각이 든 순간, 나는 눈이 빨개진 사키를 끌어당겨 부둥켜안고 말았다.

내 가슴에 사키가 얼굴을 묻은 것을 알 수 있었다. 사르륵 흔들리는 머리카락 속에 손가락이 파고든다. 나는 그녀의 작은 머리를 안고 중얼거렸다.

"나야말로 고마워. 너와 만날 수 있어서 다행이었어."

달빛의 푸른색이 옅고 희미하게 묽어져 간다. 수면에 비치는 달의 모습에서 반짝임이 사라져 간다.

수년에 한 번인 블루문이 끝을 맞이하려 하고 있다.

나는 그 푸른 세계에 그녀를 향한 연심을 두고 가기로 정했다.

블루문과 함께 알게 된 내 아련한 사랑은 이날 밤 끝을 고했다.

최종장

"할머니, 다음에 또 올게요."

"어머님, 몸조심하세요."

"그럼 다음에 오는 건…… 으음, 언제려나. 또 연락할게요, 어머니."

"……."

"자, 케이이치도. 할머니한테 인사드리렴."

아침이 왔다.

우리 가족 네 명은 캐리어 가방을 들고 할머니 집의 넓은 현관에 서 있다.

옛날 그대로인 목조 가옥 현관의 단은 우리 집 현관보다도 꽤 높아서 마주 보고 있는 할머니와 나의 키 차이는 거의 나지 않았다.

그 때문에 시선이 똑바로 이어져 할머니의 표정이 잘 보인다.

나는 뭔가 말해야만 한다고 생각하고 있는데 목소리가 나오지 않았다.

"케이이치, 고맙구나. 즐거웠단다."

아무 말도 하지 못하는 나를 알아차린 것처럼 할머니가 먼저 입을 열어 주었다.

"……할머니, 괜찮아?"

나는 그렇게만 말했다.

'우리만 돌아가서'

구태여 소리 내어 꺼내지 않은 그 말은 말하지 않더라도 전해질 거라고 생각했다.

할머니는 내 불안도 망설임도 전부 흡수하는 듯한 상냥한 미소를 입가에 띠더니 고개를 끄덕이고 나서 말했다.

"괜찮단다. 또 놀러 오거라."

할머니는 교토를 좋아하는 것이다.

그래서 도쿄에는 가지 않고 이곳에 남겠다고 정한 것이리라.

그렇게 정한 할머니의 마음을 소중히 여겨 억지로 도쿄에 데리고 돌아간다는 선택을 하지 않은 부모님의 생각을 나도 받아들이기로 했다.

쓸쓸하다고 느끼는 마음에는 변함이 없지만.

나는 현관에 놓여 있던 메모장에 내 스마트폰 번호를 적고 할머니에게 건넸다.

“언제든 연락해요.”

“케이이치, 고맙다.”

“……응.”

“…….”

“그럼 가볼게요, 어머니.”

“할머니, 다음에 또 봐요.”

“어머님, 신세 많이 졌습니다.”

“또 올게요.”

우리 가족은 아버지, 여동생, 어머니, 내 순서로 마지막에 한 명씩 인사하고 난 뒤 밖으로 나왔다.

집 앞에서 할머니의 배웅을 받으며 마을 쪽을 향해 걸음을 내디뎠다.

“언덕 밑에 택시 승강장이 있대.”

“가는 길에 기념품이라도 사 갈까.”

“그러네.”

아버지와 어머니의 대화를 들으며 나는 하늘을 올려다봤다.

올려다본 하늘은 맑게 개어서 구름 한 점도 없다. 주위에 감도는 공기는 상쾌해서 나는 그걸 가슴 한가득 들이마시고 주머니에 손을 넣고 완만한 언덕길을 걷기 시작했다.

안녕, 교토.

안녕, 사키…….

"케이이치, 케이이치."

"……."

"야, 듣고 있냐?"

"아, 미안."

일상이 돌아왔다.

도쿄로 돌아온 나는 축구 연습을 하러 가거나 휴일에는 유우야와 노는 등 여느 때와 다름없는 하루하루를 보내고 있었다.

때는 이미 8월 후반이다. 평범한 일상이 반복되고 눈 깜짝할 사이에 고2 여름방학이 끝날 것 같다.

"그래서 뭘 사는 거더라?"

오늘은 유우야를 따라 시모키타자와에 물건을 사러 왔다. 사쿠라의 생일이 다가와서 선물을 사고 싶다는 듯하다. 하지만 유우야는 뭘 사면 좋을지 모르겠다는 모양이다.

여성이 좋아할 것 같은 가게에 남자 혼자 드나드는 게 싫다면서 나를 불러냈다.

'나도 싫다고.'

한 번은 거절했지만. 그 후 이것저것 생각해 보고 곰처럼 커다란 유우야가 혼자 그 가게에 들어가는 것보다는 나으려나 싶어서 따라왔다. 뭐, 딱히 할 일도 없었으니까 심심풀이는 되려나, 하고 생각한 것이다.

내 생각은 옳았다.

유우야는 아무것도 정하지 못했다. 아니, 그 이전의 문제였다.

분홍색이나 빨간색 등 컬러풀한 색깔이 우글거리는 잡화점 앞을 왔다가 갔다가 할 뿐이다.

따라오길 잘했다. 이대로라면 내 친구는 수상한 사람 취급을 받고 경찰에 연행되고 만다.

"여기 가게, 사쿠라가 좋아할 것 같지?"

나는 가게 앞에 있는 유우야한테 말했다. 왠지 모르게 분위기로 그럴 것 같다고 생각했다.

"이 가겐 사쿠라가 항상 혼자서 쇼핑하는 곳이야."

"그때 유우야는 뭘 하는데?"

"밖에서 기다리고 있지."

과연. 상상이 되는군.

"이 가게에 갖고 싶은 물건이 있다고?"

"갖고 싶다고는 말하지 않았는데 좋겠다고는 말했었지."

"뭐를?"

"그걸 모른다고."

"사전 조사도 안 한 거야?"

"안 했어."

"바보지?"

여전히 요령이 없어서 어처구니가 없다. "유우야가 모르는데 내가 알 리가 없잖아."라며 침묵하는 유우야한테 줄줄 설교하자,

"어라? 케이 군?"

귀에 익은 목소리가 들렸다.

"이랑, 유우야?"

가게 안에서 여자애 두 명이 나오는데 한 명은 사쿠라였다.

"오, 오오오오오. 오우. 사쿠라, 우연이네."

어색한 것도 정도가 있지, 라고 생각하며 나는 웃으면서 유우야를 보고 있었다.

그때 나는 오른쪽 뺨 언저리에 강한 시선을 느꼈다. 시선 쪽으로 눈길을 향하자 사쿠라 옆에 있던 여자애가 나를 물끄러미 보고 있었다.

나와 눈이 마주치자 그녀는 뺨이 붉어지며 고개를 숙였고 순식간에 귀까지 빨개졌다.

"괜찮아?"

"응…… 갑작스러워서 깜짝 놀랐어."

사쿠라와 그 애가 소곤소곤 이야기하고 있다.

그 후, 그녀는 앞머리 사이로 눈을 치켜뜨며 나를 봤다.

다시 눈이 마주치자 재빨리 고개를 숙였다. 조금 전보다도 귀와 뺨이 빨개지면서.

그 모습을 보고 나는 알아차리고 말았다.

혹시, 이 애…… 사쿠라가 말했던 나한테 관심 있다고 한 애려나?

고개를 숙인 그녀는 세련된 멋쟁이였다.

입고 있는 건 분명 유행하는 옷이리라.

아카네가 패션 잡지 모델을 흉내 내서 사 온 옷과 매우 비슷했다.

깔끔하게 화장한 얼굴에, 세심하게 묶은 갈색 머리카락. 밸런스가 잡힌 스타일에 유행하는 옷과 액세서리.

머리끝부터 발끝까지 예쁘게 정돈되어 있다. 내가 알고 있는 '여자애'라고 생각했다.

하지만 그때 내 머릿속에 떠오른 건 ――사키였다.

심플한 티셔츠에 청바지 차림의 그녀. 검은 머리카락은 어깨 근처에서 찰랑찰랑하게 흐르고 있었고 그 머리카락에 푸른 달의 달빛이 반사되어 반짝였다.

진흙투성이 스니커즈 옆에 나란히 있는 건 내 것보다도 훨씬 작고 하얀 스니커즈.

샘 가장자리에 서 있는 그녀는 꾸미지 않아도, 유행을 좇지 않아도 한 번 보면 잊을 수 없을 정도로 예뻤다.

아침에 일어나 문득 발견한 이슬에 젖은 나팔꽃 같은, 몇백 년 전에 반짝인 별빛이 지금의 내게 닿을 정도로 신비한 빛 같은…….

여름 교토의 푸른 밤, 돌연히 내 앞에 나타난 너무나도 아름다운 그녀는 지금 어디서 무엇을 하고 있을까?

무사히 후원 부모님이 있는 곳으로 갈 수 있었을까.

매일 밤 후원 부모님과 함께 토마토 열매를 먹고 있을까.

가끔은 그 머리핀을…… 달아 주고 있을까…….

그녀의 미소를, 분위기를, 흐르듯 찰랑이는 머리카락을, 그 목소리를 떠올리고 가슴 안쪽이 뜨거워진다. 옥죄어들어 괴로워진다.

사키…… 지금, 어떻게 지내고 있어?

"케이 군?"

사쿠라의 목소리로 정신을 차렸다.

사쿠라 옆에 서 있는 유우야가 엄청난 형상으로 나를 노려보고 있다.

절대로 사쿠라한테 상처 주는 말을 하지 마라, 너한테는 전과가 있으니까, 라는 무언의 압력이 오라가 되어 온몸에서 나오고 있었다. 나는 그 오라를 받아들이고,

"왜?"

평온하게 말했다.

"점심 먹었어?"

"아직, 인데……."

"그럼 다 같이 먹지 않을래?"

유우야의 눈에서 뿜어져 나오는 광선이 너무나도 강해서 나는 고개를 끄덕일 수밖에 없었다.

우리는 주택가 골목길을 걸어서 작은 카페를 발견했다. 여자애가 좋아할 것 같은 세련되고 귀여운 카페였다.

"여기로 하지 않을래?"

"오케이."

사쿠라의 목소리에 유우야가 대답하고, 우리는 가게 안으로 들어갔다.

추천 런치를 네 개 주문했다.

쓸데없이 큰 접시에 조금씩 담긴 귀여운 식사를 보고 나는 덮밥을 먹고 싶다고 생각했다. 역시 점심은 소고기덮밥이잖아? 그렇게 생각했지만 유우야가 또 노려보듯이 나를 보고 있기에 입을 다물었다.

나 이상으로 많이 먹는 유우야의 점심이 그 정도로 충분할 거라고는 생각되지 않았지만 유우야는 맛있다는 듯이 먹고 있었다.

그런 유우야를 보고 나는 자조적인 기색으로 미소 지었다.

지금까지의 나라면 유우야의 마음을 이해하지 못했을 것이다.

사쿠라의 취향에 맞춰주는 유우야를 보고 상냥하네, 사이 좋네, 라고 생각하면서도 어째서 그렇게까지 하는 걸까? 소고기덮밥을 먹으러 가자고 하면 되잖아, 라고 생각했을 것이다.

하지만 지금이라면. 지금의 나라면 알 것 같은 느낌이 든다.

좋아하는 사람이 좋아하는 것을 함께 즐기고 싶다.

그것이 자기 취향의 것이 아니어도, 여자친구가 기뻐하는 얼굴을 보고 싶다. 이 정도 점심 식사를 같이 먹는 것으로 최고로 귀여운 미소를 볼 수 있다면 싼 축 아닌가, 분명 그렇게 생각할 것이다.

마음을 인식하는 감정과 같이 나타나는 것은 언제나 사키였다.

앞에 앉아 있는 여자애의 얼굴이 사키로 보여서 나는 작게 고개를 저었다.

내가 알게 된 여름의 사랑에 이어지는 내용은 없다.

일방통행이었던 내 사랑은 블루문과 함께 끝을 고했다.

이 이상 생각해도 괴로울 뿐이다. 그러니까 빨리 이 마음을 끊어 내야만 한다.

이제 잊어야만 하는 것이다…….

스스로에게 그렇게 되뇌며 이 이상 사키를 생각하지 않도록 나는 급하게 밥을 먹었다.

세 사람은 대화로 이야기꽃을 피우고 있다. 나는 내 의지와는 상관없이 그 이야기를 들으며 가게 안을 둘러봤다. 카페는 만석이었다. 우리 같은 고등학생부터 대학생, 직장인 여성에 샐러리맨, 다양한 사람이 있다. 혼자서만 온 사람은 드물고 다들 누군가와 함께 점심을 먹고 있다. 스마트폰을 한 손에 들고.

그건 낯익은 광경일 터인데도 나는 위화감을 느꼈다.

이 광경은 교토 가모가와강 강변에 있었던 스타벅스에서는 볼 수 없었기 때문이다.

다들 스마트폰을 가지고 있지 않았다. 그건 가와도코의 경치와 바람을 느낄 수 있는 특별한 카페였으니까? 다들 그 시간을 소중히 하고 있었던 것뿐일까?

그러고 보니…… 신쿄고쿠 아케이드를 걷고 있었을 때도 엇갈리는 사람들의 손에 있는 휴대폰은 피처폰뿐이었던 듯한…….

교토 시내에서도 본 풍경을 떠올리며 나는 옆에 앉은 유우야한테 살짝 물었다.

"야, 항상 이렇지?"

"뭐가?"

"스마트폰."

그렇게 말하고 주위를 가리켰다.

"당연하잖아, 무슨 소릴 하는 거야."

그렇겠지. 이 일상이 우리에겐 당연한 풍경이니까.

점심 식사 후, 세 명이 놀러 가자고 했지만 나는 볼일이 있다는 이유로 거절했다.

먼저 돌아가려 하는 나를 타박하는 사람은 없었다. 다들 기분 좋게 보내 주었다.

그건 분명 조금 전 카페에서 사쿠라의 친구한테 들은 질문에 대한 대답 때문이라고 생각한다.

'케이이치 군은…… 좋아하는 사람 있어요?'

오늘 본 것 중에서 가장 빨간 얼굴을 한 그녀의 질문에 나는 크게 숨을 들이마시고 나서 대답했다.

'응. 있어.'

'그렇구나…….'

'하지만 최근에 실연했어. 당분간 사랑은 못 할 것 같아.'

그렇게 솔직하게 말한 내게 다들 아무 말도 하지 않았다.

'그럼'이라고 말하고 작게 손을 흔들고는 역으로 가려 하자,

'나도 간다.'

그렇게 말한 유우야가 지금 내 옆에 있다.

제방을 따라 난 길을 걷는 우리를 저녁노을이 빨갛게 물들였다. 엷은 붉은색을 띤 조각구름이 하늘에 흩어져 있다.

저녁 바람이 불어와 짧게 깎인 잔디에서 싱싱한 풀 냄새가 났다.

우리가 걷고 있는 제방에는 러닝하는 사람, 개 산책을 시키는 사람, 유모차를 미는 젊은 엄마 등이 있었고, 제방 아래쪽 운동장에서는 활기찬 높은 목소리가 들려왔다. 그쪽으로 시선을 향하자 하얀 유니폼을 입은 어린애들이 야구 연습을 하고 있었다.

“어째 미안했다…….”

그 경치를 별생각 없이 바라보며 걷고 있는데 유우야가 나직이 중얼거렸다.

“뭐가?”

나는 유우야의 옆모습을 보며 물었다.

“그런 말 하게 해서.”

유우야는 앞을 본 채 말했다.

‘데이트 어땠냐?’

한 달 전, 그렇게 온 메시지에 답하지 못한 나를 타박하지도 않고 그 이상 캐묻지도 않으며 평소와 낌새가 다른 나를 물건 사는 데 데리고 가준 건 분명 유우야의 배려일 것이다.

그런데도 나는 모두의 앞에서 실연한 사실을 말하고 말았다.

유우야는 그런 걸 바란 건 아니었다고 생각한다.

몸은 크고 행동은 거칠지만, 마음 따뜻한 유우야. 사쿠라도 유우야의 그런 점에 반한 것이리라.

“차였으니까 새로운 사랑이라던가…… 너는 그러고 싶지 않지.”

“……응.”

붉은색 하늘이 옅은 보라색으로 바뀌기 시작하고 있었다.

보라색을 띤 세상 속에서도 내가 떠올리는 건 역시 사키다.

사키와 떨어지면 이 마음 같은 건 쉽사리 사라져서 없어질 거라고 생각했다.

작은 상자에 담아둔 내 마음은 햇볕도 들지 않고, 물도 주지 않아 그대로 시들어 갈 것이다. 그렇게 생각했었는데——

나는 어디에 가든, 무엇을 하든 그녀를 떠올린다.

그녀를 떠올리며 보는 내 일상은 무척 빛났다.

생각이 끊겨 그녀가 보이지 않게 되면 내 일상은 그 순간 색채를 잃고 흑갈색 공간 속에 혼자 덩그러니 남겨진 듯한 기분이 든다.

그리고 나는 사키와 만나고 싶다고 생각하고 만다.

하지만 후원 부모님에게 가겠다고 말한 그녀의 새로운 주소를 나는 모른다.

휴대폰이 없는 그녀에게는 연락할 방도가 없다.

지금 교토에 있을까? 아니면 어딘가 먼 곳으로 이사했을까?

사키, 지금 행복해?

하늘에 물어봐도 답 같은 건 알려주지 않는데 나는 보라색 하늘에 희미하게 떠오르는 하얀 달을 보며 생각하고 있었다.

"그 애는 어떤 애였냐?"

보통은 실연의 상처에 소금을 뿌리는 행위라고 생각해서 그런 건 묻지 않을 것이다.

하지만 유우야는 솔직하게 물어보고 있는 것이라고 생각했다. 나는 유우야한테 이야기하고 싶어졌다. 마음이 떨릴 정도로 사랑스러운 그녀 이야기를.

"귀엽고 미인이고."

"너 외모 따졌구나."

"그뿐만이 아니야. 상냥하고 의지가 되는데, 그렇지만."

"그렇지만?"

"자기보다도…… 타인이 소중하고."

"케이이치 너랑 비슷하구만."

"아니, 나는 그렇게 훌륭하지 않아."

결국 나는 타인보다도 자기가 가장 소중한 꼬맹이였다. 그녀의 배려심이야말로 진짜고, 그래서 나는 사키한테 끌린 것이다. 할머니처럼 넓고 깊은 사랑을 가진 그녀에게.

아아…… 어쩌지.

그녀의 모습을 떠올릴 때마다 자물쇠를 걸어 잠근 상자 안에 잠든 마음이 덜커덕덜커덕 소리를 내며 밖으로 나가고 싶다고 한탄하고 있다. 부풀어 오른 그 마음은 뚜껑을 깨고 가슴에서 목을 지나 눈시울을 뜨겁게 만든다.

하늘이 울음을 터뜨릴 것만 같다.

"그리고?"

유우야가 그렇게 물었다.

"그리고…… 축구를 좋아해. 꽤 자세히 알아."

솟구쳐 오를 것 같은 열을 억누르고자 나는 그녀의 의외인 부분을 털어놨다.

"오오, 좋네. 그런 거."

유우야도 반응해 주었다.

"퍼플 상가의 열광적인 팬이야."

"퍼플 상가라니, 그게 뭔데."

"어?"

"교토 상가잖아?"

그렇다. 나도 원래는 교토 상가라고 생각하고 있었다. 하지만 그녀는 언제나…….

'이겼으려나? 오늘 퍼플 상가 시합이 있는 날이야.'

'좋아하는 팀은 있어?'

'교토 퍼플 상가.'

분명하게 그렇게 말했었다.

그 지역 사람이 그렇게 말하는 거니까 내가 잘못 알고 있는 거라고 단정 짓고 있었는데…….

"그러고 보니 교토 상가는 옛날에 교토 퍼플 상가라는 이름이었던가?"

"……."

"뭐, 우리가 축구 시작했을 때는 교토 상가로 개명됐으니까 그 이전부터 알고 있는 사람은 지금도 퍼플 상가라고 말하는 걸지도 모르겠네."

또다. 위화감이 느껴진다――

그녀의 말투는 그런 추억 이야기를 하는 듯한 말투가 아니었다.

분명하게 퍼플 상가라고 하고 있지 않았던가.

"케이이치, 위험해!"

그때, 갑자기 들려온 유우야의 커다란 목소리에 흠칫 정신이 들어 고개를 드니 눈앞에 무언가가 날아오고 있는 게 보였다.

나는 곧바로 피하려 했지만 피하지 못하고 몸이 비스듬히 기울었고,

"으앗!"

세계가 반전됐다.

나는 그대로 급경사면을 굴러떨어져,

"아야야……."

제방 밑에서 멈췄다.

"죄송합니다!!"

제방 밑에서 풀과 흙투성이가 된 내 앞에 하얀 유니폼을 입은 남자애들이 모여들었다. 당황한 아이들의 얼굴이 일렬로 늘어서 있다. 나는 그 광경을 보고 겨우 상황이 이해됐다.

내 눈앞에 날아온 건 야구공이었다.

"괜찮으세요?"

나는 걱정스러운 듯이 눈을 가늘게 뜨는 그 아이들에게 말했다.

"……응. 괜찮아. 아무렇지도 않아. 그러니까 신경 쓰지 말

고 연습하고 와."

"정말로 죄송했습니다!"

"감사합니다!"

그들은 야구 모자를 벗고 고개 숙여 인사하고는 공을 주워 뛰어갔다.

'힘내라, 소년.' 작아져 가는 유니폼 뒷모습을 향해 말을 걸고 일어나려고 잔디에 손을 짚었을 때, 새끼손가락에 격통이 지나갔다.

"아아악!!"

"골절이래."

"바보지? 오빠."

"시끄러워."

집에 돌아가 부어오른 새끼손가락을 보고 억지로 병원에 끌려간 결과, 내 새끼손가락은 골절되었음이 판명됐다.

"이렇게 쉽게 뼈가 부러지다니 칼슘 부족 아냐?!"

여동생의 시끄러운 잔소리를 듣기 싫어서 나는 계단을 올라가 내 방으로 들어갔다.

아무 생각 없이 TV 전원을 켰지만 이 시간에는 뉴스 정도밖에 하지 않는다. 흥미가 사라진 나는 책상 앞에 앉아 멍하게 있었다.

몇 가지 뉴스가 지나간 후, TV 속 아나운서가 "오늘부터 두 번째 블루문이군요."라고 말했다.

그런가…… 벌써 다음 블루문이 온 건가.

나는 일어서서 창문에 가까이 다가갔다. 창문 너머로 보이는 보름달은 희미하게 파랬다.

확실히 블루문이다.

나는 시선을 옆으로 옮겨 책상 위에 놓여 있는 작은 상자의 뚜껑을 천천히 열었다.

거기에 들어있는 건 작은 별이다.

첫 번째 블루문 마지막 날, 나는 샘 가장자리에서 사키를 끌어안았다.

작은 머리를 품에 안았을 때, 내 손가락이 그녀의 찰랑거리는 머리카락 사이로 들어갔다. 그리고 살며시 그녀를 떼어놓았을 때, 머리카락에 섞여 있던 작은 별을 매단 가느다란 줄이 끊겨 내 손가락에 남아 있었던 것이다.

그걸 알아차린 건 그날 밤 할머니 집으로 돌아오고 나서였다.

나는 그 작은 별을 버릴 수가 없었다.

도쿄에 가지고 돌아와 우연히 발견한 작은 상자에 넣어 뒀다.

너도 내 곁이 아니라 사키 곁에 있고 싶었겠지…….

상자 안에서 반짝 빛나는 한 알의 별을 향해 나는 그렇게 중얼거렸다.

눈 깜짝할 사이에 여름방학이 끝나고 학교가 시작됐다.

첫날은 단축 수업으로 오전까지만. 개학식에 HR 등 수업이라고 할 수 없는 간단한 활동만 하고 하루를 끝냈다. 이틀째인 오늘부터 본격적인 학교생활이 시작된다.

여름방학을 끝낸 동급생들은 지금까지와 마찬가지로 아무것도 변한 게 없을 텐데 조금 어른스럽게 보였다. 교실 한구석에서는 '남친 생겼어'라든가 '같이 간 여름 축제 즐거웠지'라든가 다양한 여름의 추억 이야기가 오가고 있었다.

내 눈에는 선망의 빛이 깃들어 있었을 게 틀림없다.

여름에 알게 된 아련한 사랑이 지금도 계속되고 있다니 너무 부럽군…….

몇 시간 뒤 방과 후 축구 연습을 끝낸 나는 땀투성이 티셔츠에서 파란색 티셔츠로 갈아입고 버스를 탔다.

'버스 타는 거 오랜만이야~'

'진짜? 나는 매일 타는데.'

'좋겠다아.'

'안 좋대도.'

눈꺼풀 뒤에 새긴 것처럼 남아 있는 기억을 오늘도 떠올리며 길을 따라 흔들리는 버스에 몸을 맡기고 있었다.

손잡이를 잡고 차창 너머로 보이는 경치로 시선을 옮기자 엷은 빛을 띤 달이 하늘에 떠 있었다. 희미한 빛을 방방곡곡 멀리 비추는 달은 보름달이다.

그리고 오늘도 보름달은…… 파랬다.

버스가 느릿느릿 속도를 줄여 버스 정류장에 도착했다.

버스에서 내려 올려다본 하늘에 보름달이 있다. 거기서부터 푸른 빛이 펼쳐지고 있다.

어둠을 푸르게 채색하는 그 빛과 커다란 푸른 보름달을 나는 잘 알고 있다.

그러고 보니 오른손 새끼손가락이 부러진 날, '오늘부터 두 번째 블루문이네요.'라고 TV 속 아나운서가 말했었지.

그러니까 오늘은…… 나는 왼손 손가락을 꼽아 세어 봤다.

두 번째 블루문의 나흘째 되는 날인가.

오늘이 끝나면 두 번째 블루문도 끝나는 건가…….

블루문을 보고 내가 떠올리는 건 샘에 있는 사키의 모습이었다.

이제 사키가 그 샘에 올 리는 없는데도 내 마음은 아직 그녀를 걱정하고 있다.

혼자 샘에서 가만히 서 있지 않을까…….

혼자 울고 있지는 않을까…….

사키의 토마토를 먹어 줄 사람이 나타났는데도 내가 아직 그런 걱정을 하고 마는 건 히나타 기숙사에서 본 사키가 그린 아련하고 푸른 그림이 머릿속을 떠나지 않기 때문이다.

그림 속의 샘 앞에 서 있는 작은 여자아이는 블루문을 올려다보고 있었다.

그 소녀는 분명 초등학생 사키다.

샘에 몸을 던지기 전의 사키인지, 구해 줬던 그 사람을 줄곧 기다리고 있는 사키인지 어느 쪽 사키인지 나는 알 수 없지만 나는 그 그림을 줄곧 잊을 수 없었다.

전생에서부터 알고 있었던 것 같은 신기한 기억으로 지금도 내 마음을 사로잡고 있다.

푸른 달의 달빛은 우리 둘이서 지냈던 기억과 그때 느꼈던 감정을 쉽게 데리고 온다.

샘에서 우산을 써서 별을 건지는 그녀도, 달을 올려다보며 떨리는 목소리로 말하던 그녀도, 요괴전차 포스터를 흥미롭게 보는 그녀도, 꽃이 피지 않은 벚나무를 아름답다고 말한 그녀도.

어느 사키도 매력적이고 귀여웠다.

그녀의 이야기를 줄곧 듣고 싶었다…….

나는 그녀 곁에 줄곧 있고 싶었다…….

가슴이 괴롭다.

블루문과 함께 이 마음이 사라지기를 바란 나 자신을 바보라고 생각했다.

이 이상 좋아하게 될 수 있는 사람은 분명 나타나지 않는데도.

내게 사키는 누구보다도 특별한 사람이고 운명의 사람인데도――

겨우 깨닫게 된 감정에 두 눈에서 눈물이 흘러넘쳤다.

나는 사키를 한눈에 봤을 때 운명을 느낀 것이다.

내 뇌가, 마음이, 몸이, 이 사람이라고 신호를 보냈다.

내 몸에 심어진 운명의 사람을 찾는 프로그램은 잘못되어 있었다는 건가?

이 앞의 미래에 더욱 좋아하는 사람이 생길 거라고?

나는 고개를 가로저었다.

사키 이상으로 좋아하게 될 사람은 앞으로도, 이후로도, 영원히, 분명히 나타나지 않는다.

쥐 죽은 듯 조용한 주택가를 한동안 걷자 집에 도착했다.

그대로 계단을 올라 방으로 들어갔다. 문을 텅 닫고 똑바로 걸어 책상 위에 놓인 작은 상자에 살며시 손을 뻗고 뚜껑을 열었다.

오늘도 작은 상자에 들어있는 작은 별은 눈부실 정도로 반짝이고 있다.

문득 블루문의 빛에 비친 별의 반짝임 속에서 그녀의 우는 얼굴이 보인 느낌이 들었다.

그러고 보니…… 내가 준 별 장식 머리핀을 본 순간 사키는 울었지…….

말을 잊은 어린아이처럼 몇 번이나 '어째서'라는 말을 반복하며 스즈무시데라의 행복지장 앞에서 그녀는 계속 울고 있었다.

그녀는 어째서 운 것일까?

그리고 내가 준 머리핀을 보고,

'설령 우연이라고 해도 기뻤어.'

어째서 그런 말을 한 것일까?

나는 소중한 것을 잊고 있는 듯한 느낌이 든다.

내가 살아가는 데 있어서 절대로 잊어서는 안 될 것을 잊은 듯한, 어쩐지 죄책감과도 비슷한 불편한 감정이 내 마음을 지배하고 있었다.

그녀와의 기억을 떠올릴 때마다 이렇게나 위화감을 느끼는 건 어째서지.

무언가가 이상하다.

기억해 내, 기억해 내는 거다.

——어째서 아라시야마역에서 낮에 봤던 기모노 회랑이 밤에는 없었지?

——어째서 사키가 있던 낮의 숲은 비가 내리고 있었는데 내가 있던 마을에서는 내리지 않았지?

——어째서 다들 스마트폰을 쓰고 있지 않았지?

생각해 봤지만 알 수 없었다.

문득 방 한구석으로 시선을 옮기자 여행용 가방이 눈에 들어왔다.

나는 여행용 가방에 가까이 다가가 지퍼를 열었다. 지퍼 안에 넣어 둔 스티커 사진을 꺼냈다.

교토 시내에서 찍은 기념 스티커 사진을 그녀에게 건네주려고 생각했는데, 모르는 애랑 부딪쳐서 그대로 까먹고 있었다.

사진 속에서는 내 옆에 그녀가 나란히 서 있다.

사키는 언제나 보여 줬던 상냥하고 쾌활한 표정으로 미소 짓고 있다.

하지만 그 스티커 사진은…….

——어째서.

잠시 멍해진 상태로 있었던 나는 할머니에게 전화를 걸었다.

분명 이 위화감의 정체를 가르쳐 줄 사람은 할머니뿐이라고 직감으로 느꼈다.

"여보세요."

4번의 신호음이 울린 뒤, 할머니가 전화를 받았다.

"케이이치? 기다리고 있었다."

"기다리고 있었다니 무슨 말이야? 심심했어?"

"그것도 있지만, 오늘은 더 중요한 이야기를 듣기 위해 전화한 게지?"

"……응."

할머니는 이미 뭔가를 알아차렸다. 나는 역시 물어봐야만 한다.

스티커 사진을 든 손에 힘이 들어갔다.

"할머니, 그날……. 나한테 알려준 블루문에 관해 전해지는 이야기 ……사실이야?"

그때의 나는 할머니의 치매가 시작되었다고 생각해서 할머니가 하는 말을 진심으로 받아들이지 않았다.

하지만 할머니가 말한 이야기가 만약 사실이라면 무언가를 알 수 있을 것 같은 느낌이 든다.

"……사실이란다."

잠시 후, 할머니가 조용한 목소리로 말했다.

"블루문의 푸른 빛이 이끄는 곳에 과거로 가는 입구가 있다."

반신반의였던 생각에 답이 내려졌다. 나는 목소리를 낼 수 없었다.

"케이이치, 요번 여름에 갔다 온 게지?"

"……어떻게 아는 거야?"

"그건 6년 전에 블루문이 떴던 나흘 동안 케이이치가 밤이 되면 할미 집에 돌아오고 있었기 때문이지."

"어?"

무슨 말이지?

"블루문의 힘을 빌려 과거로 돌아갈 수 있는 건 푸른 달의 달빛이 나오는 밤에만이다. 아침이 되면 자연히 원래 세계로 돌아가는 것이 규칙으로 되어 있지. 6년 전 7월에 할미 집에 온 케이이치는 11살 초등학생이었는데, 8월의 블루문이 뜬 날 밤에 나타난 케이이치는 17살 고등학생이었으니까 무척 놀랐지 뭐냐."

"……."

"고등학생 케이이치가 툇마루에 앉아 푸른 보름달을 올려다보면서 '블루문이라는 거 알아?' 그렇게 물었으니까 알아버린 게야."

"……."

"미래의 케이이치가 블루문의 힘을 빌려 6년 전의 과거로 돌아오고 있다는 걸 말이지."

믿기지 않는 할머니의 말에 스티커 사진을 든 손이 떨리고 있다.

하지만 그건 믿지 않으면 안 되는 현실일 것이다.

한 달 만에 본 스티커 사진은 6년이라는 시간만큼 바래져 있었고.

거기에 표시된 날짜를 알리는 글자는.

――6년 전 8월 3일이었다.

나는 혼란스러워하면서도 현실을 이해하려고 했다.

'푸른 달의 달빛이 나오는 밤에만 과거로 돌아갈 수 있다'

그 이야기가 사실이라면 교토 시내에서 본 스마트폰을 쓰지 않는 사람들도, 그녀가 교토 상가를 퍼플 상가라고 부르는 의미도, 낮에 봤던 기모노 회랑이 밤에는 없었던 것도 전부 앞뒤가 맞는다.

심장 소리가 빨라지고 호흡하기가 어려워진다. 하지만 나는 생각하는 것을 멈추지 않았다.

멈춰서는 안 된다고 어째서인지 강하게 느꼈다.

나는 할머니가 한 말을 떠올렸다.

'푸른 빛이 이끄는 곳에 과거로 가는 입구가 있다'라고 한다면 보름달이 뜨는 날 밤, 푸른 빛이 나를 이끈 장소는 숲이다. 그렇다면 과거로 가는 입구는 숲의 입구라는 말이 된다.

그러면 어째서 나는 과거로 가야만 했지?

"할머니, 어째서 나는 과거로 가야만 했던 거야?"

깨닫고 보니 뇌리를 스친 의문을 할머니에게 던지고 있었다.

나도 모르는 사이에 과거로 헤매어 들어가다니…… 그건 신의 장난인가. 아니면…….

"과거로 갈 수 있는 사람은 정해져 있단다."

온화한 목소리로 할머니가 알려주었다.

"무슨 말이야?"

나는 살며시 물었다.

"과거로 갈 수 있는 사람은 그 세계에 가고 싶다고 강하게 바란 사람이거나 그 세계로 가지 않으면 안 되는 사람뿐이다."

사고가 따라잡질 못하게 될 것 같았다.

하지만 이것도 사실일 것이다. 나는 필사적으로 할머니가 하는 말을 이해하려고 했다.

이 세계에 흐르는 시간의 방향은 일방통행이 아니라는 것을.

과거로 가고 싶다고 강하게 바란 건 아니었으니 나도 모르는 사이에 과거로 헤매어 들어갔던 이유는 분명 후자다.

——그 세계로 가지 않으면 안 되는 사람.

그렇다면 나는 어째서 6년 전의 과거로 가지 않으면 안 됐던 거지?

왜? 어째서? 그렇게 생각하고 또 생각해도 알 수 없었다. 나는 그에 대한 답이 짐작도 되지 않았다.

"어려웠으려나, 미안하구나."

침묵하는 내게 할머니가 말했다. "아냐. 그렇지 않아." 나는 그렇게 대답했다.

"어째서 케이이치가 과거로 갔는지, 할미는 알 수 없단다. 그 답은 케이이치만이 알 수 있는 거지."

나만이 알 수 있다?

"지금 할미가 알려줄 수 있는 건 딱 하나 더 뿐이란다."

"……뭔데?"

나는 그렇게 말하고 숨을 들이마셨다. 받아들일 준비를 하고 있었다.

"과거로 돌아갈 기회는 딱 한 번 더 있단다."

"정말이야?"

"참말이란다. 블루문은 한 달에 두 번 돌아온다는 이야기는 했었지? 그러니까 과거로 돌아가는 기회도 두 번 있지. 첫 번째 블루문에서 과거로 간 사람은 그달의 블루문 외에는 과거로는 돌아갈 수 없어. 그러니까 만약 케이이치가 한 번만 더 과거로 돌아가고 싶다고 바란다면 기회는 오늘밖에 없단다."

블루문의 힘이 깃드는 건 달이 가득 차는 대조기 나흘간.

오늘은 두 번째 보름달의 나흘째 되는 날이다.

그러니 과거로 돌아갈 기회는 ——오늘밖에 없다.

나는 눈을 감고 생각했다.

어째서 나는 6년 전의 세계로 헤매어 들어가 사키한테 사랑에 빠졌지?

할머니와 많이 닮은 넓고 깊은 사랑을 지닌 그녀한테 어째서 이렇게나 끌렸지?

기억해 내라.

그녀는 뭐라고 말했었지?

처음 샘에서 만났을 때, 갑자기 숲에 나타난 내 얼굴을 보고 그녀는 유령을 본 것만 같이 눈을 휘둥그레 뜨며 놀랐다. 나는 유령이 아니다는 의미로 '아니야'라고 말했다.

그때, 그녀는 말하지 않았던가.

'그렇구나, ……유감이야. 조금 닮은 느낌이 들었는데.'

그러고 나서 블루문이 뜨는 마지막 날, 첫사랑 상대 이야기를 들려줬던 날 밤 그녀는,

'그 사람은 아마도 고등학생 정도일 거야. 달빛 때문에 역광이어서 얼굴은 잘 보이지 않았지만. 키가 크고, 파란색 셔츠를 입고 있었고, 새끼손가락에는 붕대가 감겨 있었어…….'

그렇게 설명해 주지 않았던가.

나는 처음으로 느낀 뜨거운 연심에 사로잡혀서, 열중해 버려서 갖가지 위화감을 알아차리지 못했다. 6년 전의 세계에 헤매어 들어와 있었다니 생각지도 않았다.

하지만 그녀가 없어지고 그 위화감과 함께 진실을 알아 버렸다.

그녀는 나를 한눈에 보고 첫사랑 상대가 와줬다고 생각했을 터다. 하지만 내가 '아니야'라고 말한 탓에 그 말을 믿어 버린 것이리라.

그리고 지금 내가 입고 있는 건 파란색 티셔츠. 새끼손가락에 감겨 있는 건 붕대다…….

그녀가 말하는 '그 사람'의 모습과 일치한다.

사람이 없는 샘에 빠진 사키를 구할 수 있는 건 과거로 돌아갈 수 있는 나뿐이고.

그녀가 줄곧 기다리고 있었던 첫사랑 상대는 분명 ──나

다.

'과거로 돌아갈 기회는 딱 한 번 더 있단다.'

할머니의 말이 뇌리를 스쳐 지나갔다.

푸른 달의 달빛이 지상에 닿지 않게 되면 과거로 가는 입구는 닫혀 버리고 마는 것이리라.

과거로 돌아가지 못하면 샘에 빠진 사키는 어떻게 되지?

나는 시계를 급하게 본 뒤, 책상 위에 놓여 있던 작은 상자를 들고 방을 뛰쳐나갔다.

기세 좋게 계단을 내려가 거실문을 쾅 열자 소파에서 쉬고 있는 여동생과 부엌일하고 있는 어머니가 눈을 크게 뜨고는 이쪽을 봤다.

"어머니, 돈 좀 빌려줘요!!"

"케이이치? ……갑자기 무슨 일이니?"

엄마가 갸우뚱하며 말했다.

"반드시 갚을 테니까! 출세하고 나서가 되겠지만 반드시, 반드시 갚을 테니까!! 교토까지 가는 신칸센 값 빌려줘요!!"

보여 준 적 없는 나의 기백에 어머니는 멈칫했다.

그리고 한순간 미간을 찡그린 뒤 "……알았어."라고 말하고는 지갑을 꺼냈다.

1만 엔 지폐를 몇 장 꺼냈을 때 "그런 거금을 줘도 돼?!"라며 여동생이 옆에서 끼어들었다.

"괜찮아. 케이이치가 이렇게나 부탁한 적 지금까지 한 번도 없었으니까. 분명 중요한 볼일이라고 생각해. 지금까지 케이이치한테 쭉 어리광을 부려 왔으니까 이 정도는 하게 해주렴."

나는 어머니의 말이 무척 기뻤다.

고독 위에 있었던 지금까지의 노력을 인정해 준 느낌이 들었다.

"조심하렴."

어머니가 내 눈앞에 내민 지폐 몇 장을 받고,

"고마워요!"

나는 집을 뛰쳐나갔다.

빨리 가지 않으면 과거로 돌아갈 수 없다.

11살의 어린 사키가 그 샘에서 나를 기다리고 있다.

나는 출발할 것 같은 버스를 세워 올라타고, 도쿄역까지 와서는 신칸센에 뛰어 올라탔다.

손안에 있는 건 그녀가 남긴 별의 조각이었다.

"빨리 도착해라, 빨리."

나는 작은 상자에서 조그만 별을 꺼내 꽉 쥐고는 교토역에 도착할 때까지 그것만을 바라고 있었다.

"다음은── 교토── 교토입니다."

도착역을 알리는 안내방송이 들렸고, 신칸센이 속도를 줄여 갔다. 나는 별 조각을 붕대 안에 넣고 신칸센 문 앞에 섰다. 뛰어나갈 준비를 하고 있었다.

나는 신칸센 안에서 생각하고 있었다.

만약 내가 블루문의 힘이 깃드는 시간에 늦어서 과거로 돌아가지 못하면 사키의 운명은 어떻게 되어 버리는 걸까?

어쩌면 사키 인생의 톱니바퀴는 어긋나서 최악의 경우 그대로 사키의 존재가 이 세상에서 사라질지도 모른다――

교토역에 도착한 순간, 나는 버스 정류장으로 달려나갔다.

버스 시간을 확인했지만 언제나 타던 아라시야마역으로 가는 버스 막차는 이미 출발한 상태였다. 나는 역무원분에게 아라시야마까지 가는 길을 물어서 알아냈다. 지하철에 타고 중간에 아라시야마선으로 갈아타 아라시야마역으로 향했다. 아라시야마역에 도착하자 바로 다시 뛰기 시작했다.

가로등이 없는 자갈길을 달려 빠져나가자 오오이강에 놓인 도게쓰 다리가 보이기 시작했다.

다리를 비추는 아련한 조명 빛과 비슷한 아련한 푸른 달의 달빛이 나한테까지 닿고 있다.

달리면서 보인 별이 뜬 하늘은 변함없이 아름답다. 그 중앙에서 빛나는 푸른 달에는 하얀빛의 그늘이 보였다. 블루문의 푸른색이 옅어져 가는 것을 알 수 있었다.

빨리 가지 않으면 사키가――

과거로 돌아가지 않으면 사키가——

나는 이를 악물고 흐릿해져 가는 푸른 세계 속을 달려나갔다.

푸른 빛이 이끌어 주지 않은 탓인지 나는 숲까지 가는 길을 헤매고 또 헤맸다.

첫 번째 블루문 때는 헤매는 일 따위 없었는데.

역시 나는 푸른 빛에 이끌려 과거로 갔었던 것임을 확신했다.

여느 때의 배 이상 시간이 걸려 숲에 도착했고 가까스로 수풀 안으로 들어갔다.

산에 들어가자 바람이 바뀌어 있었다. 냄새도 달랐다.

있었을 터인 산길이 없어진 상태였다.

한 달 전, 내가 걸었던 산길과 옷자락을 적셨던 나뭇잎은 6년의 세월을 지나 크게 성장해 있었다. 기숙사 아이들이 없어진 이 숲은 활기를 잃고 길을 만들 의미도 지니지 못한 채 조용히 잎과 줄기만을 크게 만들 수밖에 없었던 것이다.

나는 기억에 의지하여 우거진 나무들을 헤치며 샘으로 다가갔다.

숲의 색이 다르다고 느꼈다.

한 달 전에 봤던 그만큼 아름다웠던 푸른빛이 충분히 닿지 않고 있다.

밤하늘을 올려다보니 하얀 구름 같은 베일이 희미하게 보름달에 걸쳐져 있다.

분명 저 베일에 전부 뒤덮이면 푸른 빛은 지상에 닿지 않게 되고, 나는 이제 두 번 다시 그녀와 만날 수 없게 된다.

"젠장! 어디지!"

나는 큰 목소리를 내서 샘을 찾아다녔다.

길이라고는 부를 수 없는 길에 뻗은 나뭇가지가 내 손과 다리에 생채기를 냈다.

나는 그런 아픔 따위 신경 쓰지 않고 나무들을 헤치며 숲속으로 나아갔다.

빨리 사키가 있는 곳으로 가고 싶었다.

엄청나게 돌아다니고 있는데도 과거로 가는 입구를 찾을 수가 없다.

이 숲에 돌아오면 첫 번째 블루문 때와 마찬가지로 자연스럽게 과거로 들어갈 수 있을 것이라 생각했는데 나는 지금 현재를 살고 있다.

뻗은 잎도, 변한 바람도, 색을 바꾼 숲도 전부 지금의 모습이다.

그럼 어디로 가면 사키를 만날 수 있지? 어디가 과거로 가는 입구지?

숲속을 찾아보며 돌아다녔지만 어딜 찾아봐도 과거로 가는 입구는 보이지 않았다.

색이 변하지 않는다. 흐르는 바람도, 나무들의 잎도 차가운

채였다.

"사키……."

무의식적으로 그녀의 이름을 부르고 있었다. 내가 있는 반대 방향의 끝쪽에 회색으로 비치는 경치 속에서 옅게 묶어진 푸른색이 보였다가 안 보였다가 했다.

혹시…….

색을 쫓아 걸어가니 시야가 트였고 나는 샘을 발견했다.

겨우 찾았다…….

나는 울타리를 넘어 샘 가장자리까지 걸어갔다.

그녀와 지낸 샘 주위도 나무들이 무성하게 자랐고 어린 풀이 마음대로 자라나 있다.

그녀가 쪼그려 앉아 별을 건지고 있던 목제 나무판도 6년이라는 시간만큼 부식되어 있었다.

나는 샘 가장자리 한쪽, 언제나 그녀가 있던 장소에 왔지만 아무 일도 일어나지 않았다.

어떻게 하면 과거로 돌아갈 수 있는지를 알 수 없었다.

이 세계는 너무나도 어두워서 푸른빛이 충분히 닿지 않는 것이다.

망연자실하여 밤하늘을 올려다봤다. 온 하늘 가득 별이 반짝이는 곳에 덩그러니 떠오른 푸른 달의 달빛이 희미하게 세계를 비추고 있다. 아아, 이 빛이 끊어지면 블루문은 색을 잃고 평범한 달로 돌아가 버리는 것이다. 제한 시간이 가까워지고 있다.

안 된다, 이대로는.

과거로 돌아가지 못하면 사키의 미래가——

'과거로 갈 수 있는 사람은 정해져 있단다…… 그 세계에 가고 싶다고 강하게 바란 사람.'

문득 뇌리를 스친 목소리는 전화 너머로 할머니한테서 들은 목소리였다.

나는 그걸 떠올리고 강하게 바랐다.

나는 사키를 만나고 싶어. 초등학생 사키가 있는 곳으로 가고 싶어!

나는 12년 전의 그녀의 목숨을 구하고 싶어!!

그렇게 강하게, 강하게 바라면서 나는 발치의 나무판을 밟고 허공으로 뛰어올랐다.

내 몸이 허공에 떴다. 그리고 그대로 수면에 비치는 푸른 달 속으로 뛰어들었다——

거기가 푸른 빛이 가장 많이 닿는 장소였으니까——

☽☽●

파랗고 푸른 세계 속에 있다.

흔들리는 파도, 소리 없는 정적, 온몸에서 체온이 빼앗겨 간다.

내가 내뱉은 숨이 뽀글뽀글 소리를 내면서 기포로 변해 수면을 향해 똑바로 올라갔다.

나는 샘 안에 있었다.

수면에 비치고 있는 건 커다란 보름달의 모습이다.

블루문의 모습이 비치는 수면이 출렁출렁 흔들린다.

그때, 쨍그랑하는 소리와 함께 수면에 비치는 보름달의 모습이 반으로 갈라졌다.

그리고 달 사이에서 슬로 모션처럼 한 소녀가 천천히 떨어졌다.

나는 물속에서 그녀를 받아내 물가까지 헤엄쳐 갔다.

그녀는 물가로 올라오자 푸핫, 하고 숨을 쉰 뒤 콜록콜록하며 기침했다.

나는 그녀의 옆구리에 손을 넣어 몸을 들어 올린 뒤 샘에 설치된 목제 나무판 위에 살며시 앉혔다.

샘 안에는 커다란 바위가 있었다. 나는 그걸 발판으로 삼아 소녀와 마주 보는 형태가 되었다.

눈앞에 있는 소녀는 사키였다.

잘못 볼 리가 없다.

17살 사키보다도 훨씬 작은 초등학생 사키는 새빨개진 눈으로 울고 있었다.

어깨를 떨며, 몸을 작게 들썩이며, 작은 사키는 밤하늘을 올려다봤다.

11살 사키는 달에 있는 엄마한테 가고 싶었던 것이다.

나는 그런 그녀의 가녀린 어깨에 손을 올리고,

"사키."

그녀의 이름을 불렀다.

작은 그녀가 시선을 들어 나를 봤다.

"나를…… 알아?"

블루문의 아련한 빛이 그녀의 표정을 비추었다. 분명 내 얼굴은 그림자가 져서 그녀한테는 보이지 않을 것이다.

내가 보고 있는 사키는 17살 사키의 미니어처였다.

눈은 크고, 콧날은 오뚝하며, 입술은 작다. 조각조각은 전부 사키지만 그 조각이 다 미숙한 어린아이였다. 17살 사키를 고양이 같다고 생각한 내게 이 애는 새끼 고양이로밖에 보이지 않았다.

하지만 나는…….

"사키…… 어째서 이런 짓을 하는 거야!"

샘에 몸을 던진 이유는 6년 후의 사키한테서 들었을 터인데도 나는 그녀의 물음에 대답할 여유도 없이 화를 내고 싶어졌다.

눈앞에 있는 초등학생 사키는 상상했던 것보다도 훨씬 훨씬 작고 덧없어서.

두 번 다시 이런 짓을 하지 않기를 바랐다.

사키는 눈에서 뜨거운 눈물을 뚝뚝 흘리며 나를 향해 말했다.

"그치만 이제 싫어! 이 세상은 슬픈 일이 너무 많아서…… 나 혼자서는 살아갈 수 없어. 이곳에는 더는 있고 싶지 않아. 엄마가 있는 곳에 가고 싶어…… 가게 해줘!"

그 목소리는 영혼의 외침 같았다.

말을 끝내자 그녀는 한 번 더 샘에 눈길을 줬다. 나는 그 몸을 끌어안고 시야를 빼앗았다.

끌어안은 사키는 한 달 전에 끌어안은 17살 사키보다도 훨씬 작았다.

이런 작은 생명은 샘에 빠지면 쉽게 빼앗겨 버리고 마는데도——

"사키…… 그런 말 하지 마."

"그치만……."

초등학생 사키한테 절망을 느낄 정도로 슬픈 일이 있었다는 걸 나는 이미 알고 있다. 그래도 나는 말하고 싶었다.

나는 끌어안은 손을 느슨히 하고 사키를 바라봤다. 사키의 얼굴에는 커다란 눈물방울이 달려 있다. 닦아도 닦아도 그 눈물은 계속해서 흘러나왔다.

나는 그녀의 얼굴을 양손을 감싸고 엄지손가락 안쪽 면을 써서 살며시 눈물을 닦았다.

"사키…… 죽지 마."

그녀의 눈물이 내 손을 타고 떨어진다.

눈물의 열이 내게도 전해져 와서 목이 뜨거워졌다. 나는 그 아픔을 견디며 말했다.

"살아있으면 착한 사람과 만날 수 있으니까. 앞으로 사키는 반드시 행복해질 수 있으니까."

"나의…… 뭘 알고 있어?"

놀라서 눈물이 멈춘 그녀한테서 양손을 살며시 뗐다.

붕대에 넣어 둔 별 조각이 그녀의 머리카락에 붙어 있었다.

머리에 별 장식 머리핀을 단 17살 사키의 얼굴이 겹쳐 보였다.

아아, 사키, 하고 나는 생각했다.

"나는 요전에 고등학생 사키와 만나고 왔어."

"……거짓말하지 마."

"진짜야. 고등학생이 된 사키는 무척 예쁘고 착한 여자애였어. 친구도 있고 학교도 즐겁다고 말했어."

"……정말?"

"응. 사키는 열심히 살고 있었어. 그래서 좋은 사람들이 다가와서 그 사람들이 사키 곁을 지키고 형제도 많이 생겨서 행복하게 살고 있었어."

그런 그녀가 너무나도 아름다워서 사랑에 빠진 남자도 있을 정도다.

"지금의 사키가 사는 세계가 무척 괴롭다는 건 나도 알아. 하지만 세상은 분명 바뀌니까 살아있으면 미래는 밝게 빛날 거야."

그녀의 눈에 눈물이 고여 간다. 넘친 눈물은 뺨에 똑바로 떨어졌다.

그 눈물이 흐릿하게 보인다. 그녀의 얼굴이 부예져 간다.

분명 끝날 시간이 가까워지고 있는 것이다.

나는 사키의 작은 손을 감싸고 말했다.

"그러니까 지금이 아무리 괴로워도 살아서, 살아서……."

그녀의 윤곽이 희미해져 간다. 하지만 나는 이야기를 계속했다.

"――포기하지 마."

그녀의 눈물이, 나를 바라보는 올곧은 눈동자가 한순간 선명해졌다.

"나는 줄곧 너를 미래에서 기다리고 있을게."

푸른 달의 달빛이 가느다란 선이 되어 사라졌다.

문득 정신을 차리자 내 세상은 캄캄했고 샘 깊은 곳에서 내 말만 떠오르고 있는 것 같았다.

작은 사키도 눈앞에서 사라진 상태였고 정신을 차리고 보니 나는 잎이 무성히 뒤덮은 숲속에 있었다.

나는 꿈을 꾸고 있었던 건가…….

아니, 하고 마음속으로 부정했다.

꿈일 리가 없다.

나는 살며시 새끼손가락 붕대를 풀었다. 붕대에 넣어 뒀던 작은 별 조각이 사라지고 없었다. 그 별이 없어졌다는 사실과 작은 그녀를 끌어안은 감각이 아직 품 안에 남아 있다는 사실에 안심하여 힘이 빠졌다.

분명 과거로 간 것이다.

나는 사키를 구할 수 있었다——

내가 첫 번째 블루문이 뜨는 날, 6년 전의 과거로 헤매어 들어가 17살 사키한테 사랑에 빠진 건 분명 12년 전의 11살 사키를 구하기 위해서였던 것이리라.

사키는 미래의 내가 11살의 그녀를 구한다는 전제의 세계 속에서 살고 있었다.

나는 고등학생인 사키와 만나 사랑을 하고 그때 알게 된 그녀의 모습을 초등학생 사키에게 말해 주기 위해 과거로 되돌아갔던 것이다.

분명 나는 그녀와 만나기 위해 살아왔다.

우리는 복잡하게 뒤얽힌 운명의 실로 이어져 있었던 것이다——

만약 이 앞의 미래에서 그녀와 만나지 못하더라도 이 세계의 어딘가에서 사키가 살아있어 주기만 한다면 그걸로 충분하다고 나는 생각했다.

사키가 살아 있다—— 그것만으로도 내 마음은 행복감으로 가득 채워져 간다.

몹시 지친 내 눈꺼풀이 무거워져 갔다.

늦지 않아서 다행이다…….

내 의식은 끊겼다──

에필로그

『사키에게

무엇부터 쓰면 좋을까. 나는 오늘 도쿄로 돌아가.

나는 이 마을에 와서 샘에서 사키와 만나고 처음으로 첫눈에 반한다는 경험을 했어.

사키의 모습을 본 순간 무언가를 느낀 거야.

무언가, 라는 애매한 표현으로는 전해지지 않으려나.

잘 말할 수 없지만 사키가 특별한 사람으로 보였어.

그리고 나는 고작 나흘만에 넋을 잃을 정도로 사키를 사랑하게 됐어.

사키의 첫사랑을 알게 돼서 내 마음은 전하지 않고 돌아가려고 생각했지만,

넘쳐나는 마음을 멈출 수 없을 것 같아서,

건넬 일 없는 이 편지를 써서 내 마음을 잠재우려고 해.

나는 사키를 정말 좋아했어.

2016년 8월 3일

다니 케이이치』

'너와 만날 수 있어서 다행이었어.'

블루문이 뜨는 마지막 날, 케이이치 군은 그렇게 말한 뒤 나를 끌어안고 있던 손을 떼고 숲에서 나갔다. 나는 잠시 시간이 지난 뒤 그를 쫓아갔다.

뛰어서 숲을 나와 아라시야마로 향했지만 때는 이미 늦었다.

그는 이미 어디에도 없어서 그의 휴대폰 번호도 주소도 모르는 나는 이 이상 그를 찾을 수는 없었다.

역시 첫사랑 상대가 아닌 사람에게 마음이 움직인 게 잘못이었다.

첫사랑 상대를 그리워하고 있는데도 케이이치 군 곁에 있고 싶다고 생각해 버린 내가 나쁜 것이다.

나는 흔들린 마음을 질타하며 기숙사로 돌아갔다. 푸른 달은 이미 사라지고 없었다. 산길에 접어들었을 때, 먼 곳의 나뭇가지에 하얀 종이가 걸려 있는 게 보였다. 손을 뻗어도 닿지 않을 것 같은 장소에 있는 하얀 종이에 평소라면 신경도 쓰지 않을 것이다.

하지만 나는 어쩐지 그 하얀 종이가 특별한 것처럼 느껴져서 뒷길을 올라가 하얀 종이를 잡았다. 나는 군데군데 찢어진 하얀 종이를 펼쳐보고 놀라서 눈을 크게 떴다.

그건 내게 보내는 편지였다.

'사키에게'라고 제목이 적힌 편지를 읽어 나가자, 자연히 눈에 눈물이 고였다.

케이이치 군 곁에 있으면 편안하다고 생각한 것처럼 케이이치 군도 내 곁에 있고 싶다고 생각해 준 거야?

좀 더 이야기를 나누거나 같이 놀고 싶다고 생각했어?

케이이치 군은 나를 좋아하고 있었구나――

눈물이 두 눈에서 흘러 떨어졌다.

나는 다시 한번 편지의 내용을 따라가듯 읽다가 마지막 한 줄에서 멈추고 말았다.

다니 케이이치라고 적힌 글자 위에 있는 날짜는 6년 후의 오늘이었다.

케이이치 군은 미래에서 왔었던 거야?

그때 무언가가 이어진 느낌이 들었다.

'나는 줄곧 너를 미래에서 기다리고 있을게.'

6년 전 11살 때의 그 날 밤, 그렇게 말하며 내게 살아갈 의미를 준 건 역시 미래에서 온 케이이치 군이 아닐까…….

나 좋을 대로 생각하는 거라는 건 알고 있다.

하지만 그렇게 생각하지 않으면 이 뜨거운 마음을 이해할 수가 없어.

케이이치 군을 보고 마음이 떨렸던 건 분명 그가 다시 한번 사랑하게 될 운명의 사람이기 때문이다.

'나는 요전에 고등학생 사키와 만나고 왔어.'

나는 같은 사람한테 두 번 사랑에 빠진 게 아닐까?

케이이치 군은 이제 초등학생인 나를 만나러 가는 것 아닐까?

이제 물어볼 수는 없지만 나는 그렇게 믿고 있다.

분명 나는 시간을 거슬러 올라가는 그를 두 번 사랑하게 된 거라고──

"케이이치, 오늘은 동창회 갔다가 오는 거니?"

"동창회라니, 할머니."

"어라? 아니었나?"

"동아리라니까."

"그랬지, 그랬지. 동아리였지."

"오늘은 동아리에는 안 가. 아르바이트도 쉬는 날이고, 일찍 돌아올게."

"그럼 오는 길에 나카무라야의 고로케를 사다 주지 않을래?"

"알았어."

17살이었던 그 여름으로부터 3년이 지났다.

그 이후로 나는 교토 시내와 그 근교에 있는 대학교의 자료를 모조리 모아 수험을 치렀다. 그리고 그중 한 곳에 합격하여 지금은 그 대학교의 2학년이다.

교토에 오겠다고 정한 건 혼자 사시는 할머니가 걱정됐다는 것과 그것과 같은 정도로 어릴 적부터 놀러 왔던 이 마을에 반했기 때문이다.

교토를 더욱 알고 싶다고 생각하는 열의가 나를 이 마을로 데리고 왔다.

나는 지금 할머니 집에서 할머니와 둘이 살고 있다.

나와 할머니는 여전히 사이가 좋다.

나는 평온하게 물 흐르는 것처럼 교토에서의 생활을 겹겹이 쌓아 나가고 있었다.

오늘 강의는 4교시로 끝이다. 그 후에 동아리도 아르바이트도 갈 예정이 없기에 남아도는 시간을 주체하지 못하고 있었다. 뭔가 할까 하고 캠퍼스를 둘러봤지만 딱히 할 것도 없어서 결국 집에 돌아가기로 했다.

할머니한테 드릴 고로케를 사가야 하고 말이다. 그건 그렇다 쳐도 조금 이른가.

그렇게 생각한 나는 산죠카와라마치역에서 내려 그리운 거리를 걷기로 했다.

내 눈에 비치는 건 추억이 깃든 거리 풍경이다.

사키와 함께 갔던 신쿄고쿠 거리에 있는 가게 중 몇 곳은 새로운 가게로 바뀌어 있었지만 아직 오이 아사즈케 꼬치는 팔고 있고 스티커 사진을 찍은 게임 센터도 건재하다.

나는 게임 센터 앞에 와서 멈춰섰다.

여기서 그녀와 스티커 사진을 찍고 가게 앞에서 이야기를 했던가.

모르는 애랑 부딪친 나를 사키가 쳐다보고 있었지…….

사키와 지냈던 추억은 언제든지 선명하게 되살아나지만 옆에 그녀는 이제 없다.

우리는 두 번 다시 만나지 못하는 걸까…….

체념과도 닮은 마음이 때때로 머리를 스치지만 그래도 내 마음은 그녀와 지냈던 기억을 떠올릴 때마다 뜨겁게 떨린다.

나는 아직 그녀를 사랑하고 있다.

그 열은 지금도 식지 않았다.

11살부터 17살까지의 6년 동안 나를 계속 기다려 줬던 그녀에 비하면 나는 아직 3년이다. 너무나도 뜨거운 마음을 억지로 끄는 건 그만두기로 했다.

포기하기에는 아직 너무 이르다. 그렇게 생각한 나는 사키와 함께 보냈던 교토의 거리 풍경을 사랑스럽게 느끼며 걸었다.

별안간 가게에서 나온 여자애들의 목소리가 들려왔다.

"저기 알아? 세이카 씨의 개인전 지금 산죠에서 하고 있대."

"정말? 나 세이카 씨의 그림 진짜 좋아하는데. 가볼까?"

"가자, 가자."

그 여자애들은 그렇게 말하고는 아케이드 안쪽으로 사라졌다.

"세이카 씨?"

처음 듣는 이름인데도 나는 무언가를 느꼈다.

삐삣, 하고 전파가 흐르는 감각이 들어서 오른쪽을 보니 거기에 한 장의 포스터가 있었다.

이거다. 그 여자애들이 말했던 건.

포스터 위쪽에 『고미야 세이카, 첫 개인전』이라고 적혀 있었고 그 밑에 개최되고 있는 장소의 주소와 간단한 지도가 실려 있었다.

나는 그 그림이 보고 싶어졌다.

내 다리는 어느샌가 그 여자애들이 사라진 아케이드로 향하고 있었다.

대로에 인접한 번화한 동네에 조용하게 그 갤러리가 있었다.

조용하고 밝은 가게 안으로 들어가니 접수 담당 여성이 "안녕하세요, 어서 오세요."라며 웃는 얼굴로 맞아 주었다.

나는 "안녕하세요."라고 가볍게 인사했다.

갤러리라 불리는 공간에 처음으로 와 봤다.

칸막이 패널로 나눠진 공간에 사이즈가 다른 그림이 전시된 것을 멀리서 봐도 알 수 있었다.

"교토는 오래된 민가나 카페 같은 데서 자주 젊은 예술가분의 개인전을 열어요."

처음 보는 공간에 압도되어 움직이지 못하는 내게 접수 담당 여성이 설명해 주었다.

"여기도 예전에는 카페였답니다."

"그렇…… 습니까."

"장래 유망한 젊은 작가분의 작품을 한 명이라도 많은 사람이 보았으면 해서요."

"……."

"세이카 씨도 그중 한 사람이에요."

접수대에 있는 그녀가 멀리 있는 그림을 바라보며 단호하게 말했다.

분명 그녀도 이 작가의 팬인 것이리라.

멀리 있는 그림을 바라보는 눈이 따뜻해서 목소리 톤은 온화한데 힘이 느껴진다.

"느긋하게 감상하시길."

그 말을 듣고 나는 그제야 겨우 다리를 움직였다.

이 개인전은 수채화전이었다. 투명감이 있는 아름다운 그림이 여럿 늘어서 있다.

나는 걸음을 멈추고 그림을 바라봤다.

첫 번째 그림은 남자아이와 여자아이가 고로케를 먹고 있는 그림이었다.

뒤로는 정육점이 있고 하얀 종이에 감싼 고로케를 행복한 듯이 먹는 남자아이와 옆에서 미소 짓는 여자아이가 있다.

두 번째 그림은 수많은 잎이 달린 나무를 올려다보고 있는 두 사람이었다.

하지만 그 그림은 조금 이상한 그림이었다. 어린 녹색 잎이 두 사람한테 처마를 만들어 주는 것처럼 잎이 무성하게 나 있다. 계절은 여름이라고 생각되는 그림인데 두 사람의 발치에 흐르는 얕은 강에는 벚꽃 꽃잎이 떨어져 있다.

나무들을 올려다보는 여자아이와 그 옆에 선 남자아이. 남자아이의 손바닥 위에 벚꽃 꽃잎이 딱 한 장 얹혀 있었다.

세 번째 그림은 밤의 가모가와강과 산죠오하시가 그려진 그림이었다.

밤의 가모가와강과 산죠오오하시를 한눈에 내다볼 수 있는 가와도코에서 머그잔을 손에 든 두 사람. 흐르는 가모가와강에 블루문의 빛이 내려와 반짝반짝 빛나고 있다. 교토의 특별한 밤의 카페에서 대화를 나누는 두 사람은 무척 즐거워 보였다.

네 번째 그림은 스즈무시데라 그림이었다.

조명을 받은 지장보살 앞에 있는 두 사람. 여자아이는 '행' 자가 적힌 노란색 부적을 들고 소원을 빌고 있는 모양이다. 옆에 있는 남자아이는 주머니 속에 손을 넣고 밤하늘에 빛나는 푸른 달을 바라보고 있다.

그리고 다섯 번째는 샘 그림이었다.

여자아이가 샘 가장자리에 쪼그려 앉아 펼친 우산을 거꾸로 향하여 샘에 가져다 대고 있다. 우산 속에는 무수한 별이 모여 있는 것처럼 보였다. 그녀 옆에는 조금 전과 같은 남자아이가 있다. 그 남자아이는 푸른 빛에 비친 그녀의 옆모습을 다정하게 사랑스럽게 바라보고 있었다.

기억 속에 깊이 간직해 둔 추억에 그녀의 그림이 겹쳤다.

내 눈동자에 뜨거운 것이 치밀어 올랐을 때 나는 발견하고 말았다.

칸막이 패널로 나눠진 다른 공간에 있는 여섯 번째의 커다란 그림을.

그쪽 공간에 발을 들여놓았을 때 감정이 넘쳐흘렀다.

그 세계는 매우 파랬기 때문이다.

내 키 정도 되는 커다란 캔버스에 푸르고 아름다운 보름달이 크게 그려져 있다.

그 밑에는 푸른 샘이 있고 샘에서 상반신을 내민 남자아이가 작은 여자아이와 마주하고 있었다. 남자아이는 등을 돌리고 있어서 얼굴은 보이지 않는다.

나는 끌어당겨 지는 것처럼 가까이 다가가 소녀의 표정을 봤다.

그 소녀는 괴로운 듯이 울고 있는 건가 싶었는데 잘 보니 눈에서 눈물은 넘쳐흐르고 있긴 해도 표정은 부드럽고 행복한 듯이 미소 짓고 있었다.

오른쪽 귀 위에 작게 반짝이는 별을 달고서――

그리고 나는 그 옆에 있는 새하얀 공간에 쓰여 있는 글자를 알아차렸다.

천천히 걸어가 그 글자 앞에 섰다.

거기에 적혀 있던 건 이 개인전의 타이틀이었다.

그 타이틀을 읽음과 동시에 떠올린 것은.

――'이 띠지에 적힌 말도 멋져.'

――'이 말 운명의 사람에게 보내는 말 같지 않아?'

교토 시내의 책방에서 예쁜 책을 산 뒤, 따뜻하고 세심하게 자아낸 그녀의 말이었다.

잊을 수 없는 그녀의 목소리가 내 마음에 스며드는 것처럼 퍼져 나갔다.

그녀의 목소리를 떠올리며 개인전 타이틀을 본 나는 울었다.

똑바로 흘러 떨어지는 눈물을 닦지도 않고 바라본 그곳에는,

『세상에서 단 한 사람인 너에게 ~모든 그림을 너에게~』

그렇게 적혀 있었다.

"저,"

편안하면서도 소프라노 음색 속에 아주 약간 알토 음색이 섞인 목소리가 났다.

"무슨 일 있으신가요?"

들은 적 있는 그 목소리가 내 뇌를 각성시켰다.

나는 팔로 눈물을 쓱쓱 닦고 목소리가 난 쪽을 향해 돌아봤다. 거기에 '별의 꽃(星の花)'이라 쓰고 '세이카'라고 읽는 펜네임을 단 그녀가 있었다.

그건 ——어른이 된 사키였다.

정말로 나보다도 누나인 그녀에게서 17살 소녀의 눈동자가 보였다가 말았다가 했다.

귓가에 반갑게 빛나는 별 장식 머리핀을 단 그녀는 큰 갈색 눈동자를 움직이며 떨리는 목소리로 말했다.

"케이이치 ……군?"

"……응."

"……."

"사키 맞지?"

"……응."

고개를 끄덕였을 때, 그녀의 눈동자에서 눈물이 뚝뚝 떨어졌다.

넘쳐흐르는 눈물을 멈추는 방법을 잊은 것만 같은 그녀에게 살며시 다가가 나는 그녀의 머리에 손을 올려놓고 말했다.

"사키……."

그렇게 목소리를 내는 게 최대한이었다.

고개를 숙인 그녀는 내 스니커즈를 향해 나직이 중얼거렸다.

"응. 나 줄곧…… 기다리고 있었어."

'미래에서 기다리고 있을게'라고 말해 놓고선 나는 얼마나 그녀를 기다리게 하고 있었던 걸까.

그녀가 나와 만난 11살 여름의 사키에서 26살의 사키로.

"나도…… 줄곧 만나고 싶었어."

앞으로의 나는 15년이라는 시간만큼 아니, 그 이상의 사랑을 그녀에게 쏟을 것을 맹세했다.

우리의 과거와 미래가 지금 이어졌으니까.

☆☆

"갑자기 가도 괜찮으려나?"

"물론. 할머니도 기뻐할 거야. 아, 그전에 나카무라야 고로케를 사 가도 될까? 할머니한테 부탁받았거든."

"어? 나카무라야라니. 그때의 고로케 가게?"

"맞아."

"나도 한 개 살까나."

"한 개라는 말 말고 잔뜩 먹어. 한꺼번에 30개 살 생각이니까."

"그렇게나 많이 먹는 거야?"

"먹을 거야. 사키는 안 먹어?"

"그럼 먹을래!"

그녀는 생글생글 웃었다.

"아, 나 케이이치 군의 할머니께 드릴 선물사야 해."

"됐다니까 그런 건."

"그래도……."

"이제부터 자주 오게 될 거니까."

"……괜찮아?"

"와줬으면 하는데."

"……응. 좋아."

블루문의 푸른 빛에 이끌리는 것처럼 나와 그녀는 몇 번이나 만나 사랑을 했다.

그리고 앞으로도 줄곧 이 사랑은,

"아, 케이이치 군, 별똥별이야."

"확실히 봤어."

이 사랑은…… 언제까지고, 언제까지고 계속되어 나갈 것이다.

그리고 이 사랑이 평온하고 다정한 사랑으로 바뀌기를.

나는 그렇게 바라며 그녀의 작은 손을 잡고 걸음을 내디뎠다.

제각기 다른 색으로 물든 가로수 잎이 우리를 향해 하늘하늘 떨어졌다.

나는 그녀의 머리 위에 떨어진 잎을 떼고 나서 속삭였다.

"사키, 좋아해."

세상에서 제일 너를 좋아한다.

아라시야마의 거리 풍경이 여느 때보다도 반짝여 보였다.

블루문이 뜨는 날에 알게 된 나와 그녀의 사랑의 다음 이야기가 지금 시작되었다.

블루문이 뜨는 밤, 다시 한번 그녀를 사랑하게 됐다

초판 1쇄 I 2023년 11월 23일

지은이 히로세 미이 I **옮긴이** 주승현
펴낸이 서인석 I **펴낸곳** 제우미디어 I **출판등록** 제 3-429호
등록일자 1992년 8월 17일 I **주소** 서울시 마포구 독막로 76-1 한주빌딩 5층
전화 02-3142-6845 I **팩스** 02-3142-0075 I **홈페이지** www.jeumedia.com

ISBN 979-11-6718-361-3
*파본은 구입하신 서점에서 교환해 드립니다.

제우미디어 트위터 twitter.com/jeumedia
제우미디어 페이스북 facebook.com/jeumedia

만든 사람들
출판사업부 총괄 손대현 I **편집장** 신한길
책임편집 민유경 I **기획** 신은주, 장재경
영업 김금남 I **제작** 김용훈
디자인 총괄 크리에이티브그룹 디헌